Karin B. Jankowski
Moords-Geschichten

Karin B. Jankowski

Moords-Geschichten

Band 1

Bibliografische Information der Deutschen Nationalbibliothek:
Die Deutsche Nationalbibliothek verzeichnet diese
Publikation in der Deutschen Nationalbibliografie; de-
taillierte bibliografische Daten sind im Internet über
dnb.dnb.de abrufbar.

© 2021 Karin B. Jankowski

Herstellung und Verlag: BoD – Books on Demand,
Norderstedt

ISBN 978-3-7543-1374-9

Dieses Buch möchte ich allen Krimi-Liebhaber/innen, ganz besonders aber meiner lieben Freundin Ina Bauss aus Kaltenlengsfeld in der thüringischen Rhön widmen.

Inhalt

Einführung

Für jeden Tag im Monat eine neue Geschichte. Nicht nur zum Fürchten - aber auch. Nicht nur zum Schmunzeln - aber auch. Vor allem nicht zum Nachahmen, auf gar keinen Fall!!!

Und genau deswegen wurden es keine einunddreissig. Aber das ist wieder eine andere Geschichte, und auch die ist spannend und als letzte in diesem Band zu finden.

So wie alle anderen, spritzig und lebendig. Jede regt zum Nachdenken an und ist menschlich, tief und einfühlsam. Der schwarze Humor ist nicht der von Roald Dahl, sondern der von Karin Bohr-Jankowski. Eine gelungene Mischung aus deutschem, französischem und belgisch-luxemburgischem Flair. Regional und kosmopolitisch zugleich.

Faszinierend, wie leicht man zum Opfer, aber auch zum Täter werden kann. Der Stoff liegt auf der Strasse und würde auch reichen, ein Buch mit 366 Geschichten zu füllen …

In diesem Sinne wünsche ich euch viel Spass beim Lesen und - immer schön aufpassen: Ihr könntet gerade eurem Mörder begegnet sein, oder euer nächstes Opfer gefunden haben!

Karin Bohr-Jankowski, Bourbévelle, Franche-Comté und Kaltennordheim, Rhön, im Herbst 2020

Vorwort von Albert Camus

aus

Der Fall

(in der Übersetzung von Guido Meister 1997)

«Wenn die Zuhälter und Diebe

immer

und überall verurteilt würden,

hielten sich ja alle rechtschaffenen Leute

ständig für unschuldig!

Und

meiner Meinung nach

muss gerade das

verhindert

werden.»

Das Geheimnis der Orangerie
oder
Kalk aus Fuerteventura

„Krass, ich glaube, ich hab' mir gerade die Fusssohlen verbrannt. Da muss man echt aufpassen … Der Sand ist ja glühend heiß".

„Ich wusste doch, dass das die richtige Entscheidung war. Im Frühjahr muss man einfach auf die Kanaren, um Sonne satt zu kriegen. Und nicht warten, bis sie endlich mal zu uns nach Luxemburg kommt."

Ingrid und André waren begeistert. In aller Herrgottsfrühe hatten sie sich aufgemacht, um die Frühmaschine nach Fuerteventura zu besteigen. Es war der erste gemeinsame Urlaub nach dem Hauskauf. Und der lag nun auch schon fast fünf Jahre zurück. Sie wussten damals genau, dass das Anwesen zwischen Ardennen und Eifel eigentlich für sie ein paar Nummern zu gross war. Nicht nur, was das Finanzielle betraf. Aber schliesslich hatten sie ja beide ihre festen Jobs. Und die waren nicht schlampig: André, als Direktor bei der Europäischen Investitionsbank, wusste in Sachen Kredit und Anlagen immer bestens Bescheid, und Ingrid, als Notarin in der Hauptstadt des Grossherzogtums, zählte so einige der Privatbanken und Versicherungen auf dem Plâteau Kirchberg zu ihren Stammkunden.

Und überhaupt. Geld zu leihen war momentan das Beste, was man machen konnte ...

Es war halt Liebe auf den ersten Blick gewesen: genau wie bei ihnen damals, als sie sich nach der Oper im Foyer in die Arme liefen. Nur, dass es sich hier um eines der schönsten Anwesen im ganzen Kanton Clerf handelte. Unweit der belgisch-deutschen Grenze, auf fast 600m Höhe, ein vollkommen renoviertes Herrenhaus, mit Erker und Türmchen, wie im Bilderbuch. Stallungen für Pferde und Kühe. Aber das Tollste war die Orangerie. Ein historischer Wintergarten aus dem 18. Jahrhundert, den die Vorbesitzer ganz im alten Stil revitalisiert, und ihnen inclusive Zitrus-, Orangen-, Oliven-, Granatäpfel-, Lorbeerbäumen und sogar ein paar Palmen, verkauft hatten.

„Ich fühle mich hier auf Fuerte wie zu Hause, André. Schau dir mal die Pflanzen an. Die wachsen hier ganz wild, statt wie bei uns in der Orangerie ... ganz ohne Glasscheiben und Heizung. Was für eine Pracht ...".

Ingrid bückte sich voller Begeisterung über die Zitronen- und Orangenblüten. Aber André hatte keine Lust auf Vegetation.

„Komm, lass uns schwimmen gehen. Wir erkunden die Anlage später. Ich hab Lust auf Meer ...". Und damit schaute er ihr nicht nur in die Augen.

* * *

Fabienne und Pierre waren beide leidenschaftliche Surfer. Deswegen und wegen der kilometerlangen weissen Strände hatte er wieder Fuerteventura gebucht. Pierre kannte die Insel wie seine Hosentasche. Er war schon mit vielen Frauen hier gewesen, aber mit Fabienne zum ersten Mal. Er hatte sie im Fitnessstudio, ganz in der Nähe vom Leopoldspark, kennengelernt. Klasse durchtrainierte Figur, genau wie er. Lustig und aufgeschlossen. Sie kamen damals schnell ins Gespräch und hatten viele Gemeinsamkeiten. Sie arbeitete als Dolmetscherin im Europäischen Parlament und er, als einer der zahlreichen Lobbyisten, für einen grossen deutschen Autobauer.

„Wenn ich auf Fuerteventura bin, Fabienne, möchte ich am liebsten nie wieder zurück nach Brüssel. Mein Traum ist es, von hier aus arbeiten zu können. Und du? Könntest du dir nicht doch so ein Leben als Surfnomade vorstellen?"

Aber DIE Antwort kannte er bereits. Von der Arbeitszeit her könnte sie es sich sogar noch besser einteilen als er. Als freie Dolmetscherin konnte sie sich die Monate aussuchen, wann sie wo arbeiten wollte. Aber sie brauchte das Geld und wollte unabhängig bleiben. Auch unabhängig von seinem Geld. Als Lobbyist verdiente er zwar hervorragend, musste aber viel mehr dort Präsenz zeigen, wo die europäischen Regeln und

Gesetze erarbeitet und verabschiedet wurden. Und das war vor allem Brüssel, manchmal Luxemburg und einmal im Monat auch Strassburg. Da reichte es nicht, eine gute WLAN Verbindung dorthin zu haben; da musste er sich physisch zeigen. Und sich nicht in Fuerte zwischen Chat und Barrel in die nächste Dünung stürzen.

„Sollen wir heute Abend nach Puerto de Rosario reinfahren oder hier in der Nähe in einem der kleinen Dörfchen bleiben? Ich hab keine Lust, im Hotel zu essen ...".

Fabienne merkte sofort, dass Pierre keine gute Laune mehr hatte. Aber sie konnte ja nicht nur ihm zuliebe sagen, dass sie sich ein Leben mit Surfen als Mittelpunkt vorstellen konnte. Genauso wie Sport für sie *eigentlich* okay war, aber nicht mehr. Nicht wie bei Pierre, der jeden Abend in die Muckibude ging und seinen Körper sicherlich mehr liebte als ihren. Das und noch mehr wollte sie in diesem Urlaub herausfinden. Vielleicht wäre es also das Beste, sich in den Trubel der Hauptstadt zu stürzen und, warum nicht, ein paar nette Leute kennenlernen.

* * *

„Phantastisch, wie warm es noch ist, obwohl wir schon nach 20 Uhr haben ..."

Ingrid kam aus dem Schwärmen gar nicht mehr raus.

Vor dem Abendessen wollten sie noch über die berühmte *Calle León y Castillo* schlendern.

André, mit Blick in sein Smartphone, las ihr aus einem der vielen Reiseführer vor, die er alle nicht kaufen wollte. Unermüdlich dozierte er, was SIE doch unbedingt alles über Fuerteventura wissen sollte:

*„Ursprünglich war Puerto del Rosario ein kleines Bauerndorf. Als dann eine patente Frau eine Bar für die vorbeiziehenden Hirten eröffnete, war die Siedlung bald unter dem Namen „Ziegenhafen" bekannt. Mitte des 18. Jahrhunderts entwickelte sich Puerto del Rosario durch die Verschiffung von gebranntem **Kalk** und dem in der Region gewonnenen Farbstoff Karmin zu einer wohlhabenden Hafenstadt und löste 1860 die bisherige Inselhauptstadt Betancuria ab..."*

... hättest du das gedacht?"

Da Ingrid sich lieber die Schaufensterauslage der *Perfumeria Cala* anschaute, stellte er sich neben sie und las weiter:

„Wichtige religiöse Feste in Puerto del Rosario sind die Karwoche vor Ostern, in der große Prozessionen durch die Straßen ziehen, und die „Fiesta de la Virgen del Rosario" ...

Und jetzt hatte er endlich ihre volle Aufmerksamkeit:

„Das ist ja wunderbar! Dann können wir uns das doch

nächste Woche anschauen gehen ...".

Aber eine *„Fiesta de la Virgen"* war nun wieder nicht so sein Ding!

Plötzlich hörten sie von irgendwoher deutsche Klänge, als würde jemand etwas vorlesen. Sie schauten nach rechts und links und merkten, dass alle Bänke auf der Flaniermeile besetzt waren. Auf einer, ganz in ihrer Nähe, sass ein Pärchen mittleren Alters, und eine Frau rezitierte voller Begeisterung aus einem Reiseführer:

„In Fuerteventuras Hauptstadt gibt es zahlreiche Restaurants, in denen vor allem Einheimische essen gehen und wo du ein besonders authentisches Flair genießt. Zu den Insidertipps in Puerto del Rosario gehört das Bar-Restaurant „El Naufragio", dessen Interieur überwiegend aus der an der Küste von Fuerteventura gestrandeten „American Star" stammt. Auch das „El Congrejo colorao" darf bei den besten Restauranttipps für Puerto del Rosario nicht fehlen. „Der bunte Krebs" liegt etwas versteckt in Hafennähe und ist wegen der guten und preiswerten Fischgerichte beliebt...".

„Entschuldigen Sie, wenn wir Sie so einfach ansprechen. Aber wir sind auch Deutsche und zum ersten Mal auf Fuerteventura ... Wir kennen uns leider überhaupt nicht aus und suchen auch ein Restaurant ..., so eins mit Landesspezialitäten ...".

Es war Ingrid, die als erste auf die andere Frau zuge-
gangen war und nun weitersprach.

„Wir wollen wirklich nicht stören, aber wenn Sie uns
einen Tipp geben könnten, wären wir sehr dankbar ...".

„Also Ingrid, lass doch die Leute ...".

André, der im Ausland immer lieber einen grossen Bo-
gen um andere Deutsche machte, war die Situation
eher peinlich. Aber schon war Pierre aufgesprungen
und bereit, den armen verlorenen Touristen einen Teil
seines Wissens über Fuerteventura darzubieten.

„Aber im Gegenteil ... es ist uns eine besondere Freude.
Meine Frau wollte im Reiseführer nur schnell den ge-
nauen Namen überprüfen. Sie ist nämlich auch zum
ersten Mal auf Fuerte. Ich bin hier schon ganz oft gewesen. Aber ich kenne die Restaurants in Jandia, Co-
tillo und Carralejo viel besser. Die sind auch viel typi-
scher ..."

Jetzt war es Fabienne, die sich langsam von der Park-
bank erhob und Ingrid mit einem bezaubernden Lächeln vorschlug:

„Warum gehen wir denn nicht alle zusammen in den
„*Congrejo colorao*", oder wie wird „*Der bunte
Krebs*" richtig ausgesprochen?"

Statt seine sprachgewandte Frau zu verbessern, nickte Pierre begeistert, und die schlechte Laune war vorbei.

* * *

Die zwei Frauen verstanden sich von Anfang an und amüsierten sich wie Kinder. Wo André und Pierre noch beim sich gegenseitig Beschnüffeln waren, bestellten sie schon einen Apéritif und blätterten vergnügt in der Speisekarte.

„Wahnsinn. Das ist ja alles genau wie's hier steht. Hört mal zu:

… Unbedingt probieren muss man die in der Schale gekochten Runzelkartoffeln „papas arrugadas". Sie werden in Mojo getunkt, den typisch kanarischen Dip auf Chili-Basis. Eine weitere Delikatesse ist der Ziegenkäse „Majorero", der nur auf Fuerteventura hergestellt wird und über eine geschützte Herkunftsbezeichnung verfügt …und am besten schmecken diese auf der überdachten Terrasse mit Meerblick.

… und wo sitzen wir? Auf der überdachten Terrasse mit Meerblick!

W U N D E R B A R."

Nachdem die Männer endlich auch die Formalitäten wie Beruf, Alter, Nationalität und vielleicht sogar noch mehr abgeglichen hatten, waren auch Pierre und

André bereit, sich in den gemütlichen Teil des Abends fallen zu lassen.

„Unglaublich, dass wir Vier so viele Gemeinsamkeiten haben. Wir sprechen deutsch, leben aber nicht in Deutschland. Wir sind zwar dort geboren, aber arbeiten alle irgendwie in Verbindung zu Europa. Und überhaupt..."

André kam aus dem Schwelgen gar nicht mehr raus. Und nach der dritten Flasche Wein war für ihn nur noch eine Frage offen:

„Jetzt sagt bloss, dass ihr auch noch begeisterte Surfer seid ..."

„Das ist doch der helle Wahnsinn! Wie kann es nur sein, dass WIR uns noch nicht früher begegnet sind? Das muss doch gefeiert werden. Herr Ober – noch ne Flasche von Ihrem Roten, bitte - und morgen, morgen stürzen wir uns zusammen in die *Reefbreaks an der North shore, die haben jede Menge Wumms* – so steht es sogar in den Reiseführern, gell, Fabienne?"

* * *

Die nächsten Tage verliefen im Rhythmus: Spätes Frühstück, wenn möglich zusammen in einer der vielen Bodegas am Strand, Surfen je nach Wind und Wellengang, aber eigentlich war der Swell ihnen immer gewogen, und gemeinsame feuchtfröhliche Abendessen in den kleinen Fischerdörfern rund um ihre jeweiligen Hotels.

„Das müssen wir beim nächsten Mal noch besser hinkriegen. Hätte doch auch noch passen können, das selbe Hotel zu haben..."

Sie fühlten sich immer wohler zusammen. Als würden sie sich schon jahrelang kennen. Sie sprachen über Vorlieben und Gewohnheiten. Sie rollten ihr Leben voreinander aus wie Teppichhändler. Ohne Scheu, aber auch ohne Scham. Pierre und André mehr als Fabienne und Ingrid. Die beiden schauten sich nur immer tiefer in die Augen und fingen an, sich nicht nur über IHRE Männer zu amüsieren.

Wenn Pierre André fragte: „Liebst du es auch, ohne Neoprenanzug in die Wellen zu gehen und nichts zu spüren zwischen dir und dem Meer ...." dann hoben die beiden vielsagend ihr Glas und prosteten sich zu.

Es ist schwer zu sagen, wann die Vertraulichkeiten intim wurden. So intim, dass André sogar die letzten Hemmungen verlor und bereit war, mit den neuen Freunden das Geheimnis der Orangerie zu teilen.

„Wisst ihr, wir haben dieses phantastische Anwesen vor sechs Jahren rein zufällig entdeckt. Wir kannten diese Ecke von Luxemburg ja vorher überhaupt nicht. Du warst beim ersten Mal gar nicht dabei. Kannst du dich noch erinnern, *Spatz*? Ich war doch dienstlich im Auftrag der EIB in Vianden, dieses Treffen mit den internationalen Geldgebern, es ging um dieses Wahnsinns Wasserkraftwerk, das grösste Europas. Und da war ein Empfang genau in diesem Herrenhaus. Ich konnte mich kaum noch auf die Arbeit konzentrieren. Stellt euch mal vor ... aber das ist unmöglich ... ich sag nur, so was gibt es noch nicht mal im Film. Ich erfahre von der Managerin der Konferenz, dass das ganze Anwesen, so wie ich es gerade sehen würde, zum Verkauf stünde. Und zu einem Preis – ich sag euch – zu einem Preis ... Okay, es war nicht wenig. Aber es ist ja auch fast ein Schloss, mit Parkanlagen, Ställen und, ja, haltet euch fest - jetzt kommts: Einer Orangerie ... einer Bilderbuch-Orangerie ... wie aus dem Barock!"

André, der seinen Redefluss eigentlich nur kurz unterbrechen wollte, um sein Glas zu füllen, hielt erstaunt inne. Beim Kerzenschein auf ihrer Lieblingsterrasse mit Meerblick hatte er nicht gemerkt, dass seine Zuhörer ihm nicht wie erhofft gebannt lauschten, sondern seine Ingrid ihn wütend anblitzte, Pierre schockiert dreinschaute und Fabienne eindeutig gelangweilt.

„Äh, sorry, dass ich den Rest ausgetrunken habe, soll ich noch ne Flasche bestellen, oder wollt ihr nichts mehr trinken?"

Pierre reagierte als erster, nickte ihm zu und stürzte sich hustend und prustend Richtung Toiletten. Fabienne steckte sich nonchalant einen Zigarillo an und meinte mit einem aufmunternden Lächeln Richtung Ingrid, sie habe schon noch Lust auf MEHR ... Wein, und vor allem ein Dessert.

Ingrid nickte ihr kämpferisch zu, denn genau in diesem Moment wollte sie ihr Bein ausstrecken, um André unter dem Tisch einen Tritt in die Eier zu verpassen. Sie hasste es, wenn er sie *Spatz* nannte, und er hatte das schon lange nicht mehr gewagt. Schade, dass er ausgerechnet jetzt und hier, bei neuen Freunden, in seine alten Macho Muster zurückverfiel. Sie war nie sein *Spatz*. Wie auch? Mit 80kg auf 1m65 ... Nicht gerade ein Spatzengewicht. Aber trotzdem war sie athletischer und sportlicher als er. Und nicht nur auf dem Surfbrett.

* * *

Pierre liess sich das kalte Wasser über die Handgelenke laufen und klatschte sich noch eine Handvoll ins Gesicht. Das konnte doch alles kein Zufall mehr sein ... Wie war das nur möglich? Er hatte sofort bei der Beschreibung das Anwesen wiedererkannt. Ihm war auch klar, wieso André ihn nicht als den früheren Besitzer erkennen konnte. Das Anwesen war ja auf den Namen seiner damaligen Lebensgefährtin, Isabella Ragnieri, gelaufen, und nicht auf André Walz. Klar, ihr

Büro hatte damals die Konferenzen organisiert. Wahnsinn. Gut, dass er genau im richtigen Moment den Hustenanfall vorgetäuscht und die Flucht ergriffen hatte. Wie sollte er sich nur verhalten, wenn André weiter von der Orangerie erzählen würde? Er konnte sich nur zu gut vorstellen, was jetzt kommen musste … Fabienne hatte ja Gott sei Dank überhaupt keine Ahnung. Gut so. Und sie brauchte auch nichts zu erfahren. Nichts von dem Verkauf damals. Nichts von der ganzen Geschichte drum herum und schon mal gar nichts von der Leiche in der Orangerie.

Er musste unbedingt zurück an den Tisch. So tun, als sei alles okay, und hören, wie die Geschichte von André weiterging. Vielleicht hatte er ja noch gar nichts bemerkt … So dröge wie der tickte!

Mit einer über Jahrzehnte eingeübten Unschuldsmiene und einer neuen Flasche *Listàn Negro* kam er an den Tisch zurück und meinte:

„Ich hab einfach zu schnell gegessen und mich so was von verschluckt … oh, wie ich sehe, sind die Mädchen schon weg, oder was ist los?"

„Nein, nein alles unter Kontrolle, die beiden sind runter zum Strand und führen sicher ein typisches Frauengespräch – mach dir keine Sorgen - lass uns mal anstossen – *salud*, auf uns Männer!"

André, der heute schon früher als üblich an seinem Alkohol-Limit gestrandet war, beugte sich zu Pierre und flüsterte ihm ins Ohr.

„... ich erzähl dir noch schnell was Tolles, bevor die Chicks wieder auftauchen. Diese vollbusige Blondine, die von der Geberkonferenz, hahaha, das ist ein Guter, „Geberkonferenz", die hab ich so was von vernascht an dem besagten Abend. Ging ganz einfach. Genau wie du gerade. Deshalb hab ich dran gedacht. Ich hatte mich auch rausgeschlichen, auf die Herrentoilette. Und die ist glatt mit ... die wollte es, die war richtig scharf drauf. Und dann hab ich's ihr besorgt, so richtig hart. Ich sag dir, da ging die Post ab ... pscht, die Weiber sind im Anmarsch ... "

„Geht's wieder, Schatz, oder sollen wir nicht doch lieber nach Hause ...".

Pierre schaute benommen zu Fabienne auf, die im Kerzenschein neben ihm noch verführerischer aussah, als bei Tageslicht. Aber ... was war das denn? Nein, unmöglich, oder? War das etwa Lippenstift ... an ihrem Hals?

Und Ingrid, die sich gerade etwas zu eng an seine Frau schmiegte, ihr verwegen den Rauch ihres Zigarillos ins Gesicht blies, bevor sie sich neben ihn auf die Bank fallen liess. Was ging denn HIER ab?

„Schenkt uns doch mal nach, oder ist das 'ne Herren-flasche? Dann bestellen wir uns aber auch noch eine, oder, Fabienne? Und was haben wir sonst noch so ver-passt? Hast du Pierre schon weitererzählt? Das mit dem Geruch in der Orangerie?"

„Äh ... ja ... das mit dem Geruch, *Spatzi*, das wollte ich natürlich nicht ohne dich erzählen. Wo soll ich da am besten anfangen? Das ist nämlich echt komisch. Ein Rätsel. Jeder vernünftige Mensch würde jetzt sicherlich sagen, dass es ja total normal ist, dass es in einer Oran-gerie duftet. Aber bei uns müffelt es; es riecht einfach nicht gut, ja man könnte sogar sagen, es stinkt. Nicht überall. Aber an einer ganz bestimmten Stelle..."

Er schaute fragend zu Ingrid, die ihm aufmunternd zu-nickte, griff zu seinem Glas und leerte es in einem Zug. Mit schwerer Zunge verkündete er seine für diesen Abend letzte Weisheit:

„Am besten kommt ihr Beiden uns einfach mal besu-chen ...".

* * *

Also doch. Der Geruch hatte sich nach all den Jahren immer noch nicht verzogen. Es war von Anfang an eine scheiss Idee gewesen, bei den Renovierungsarbeiten die Leiche ausgerechnet in der Orangerie verschwin-den zu lassen. Aber nein, Isabella wollte ja damals nicht auf ihn hören. Scheisse. Scheisse. Scheisse. Jetzt hatte er WIEDER alles an der Backe. Genau wie damals. Sie hatten zwar gemeinsam die Idee, Onkel Jakob früher, als der vorhatte, ins Jenseits zu befördern, um endlich an das Geld zu kommen, das ihr ja nach seinem Tod eh zugefallen wäre. Aber Geduld war nicht ihre Stärke, und Onkel Jakob fit wie Turnschuh. Der wäre locker 100 Jahre alt geworden. Und wovon, bitte schön, hätten sie bis dahin leben sollen? Nein, das mit dem Rattengift war eine gute Idee gewesen. War ja auch seine. Und obwohl das Zeug schon so alt war, hatte es noch gut gewirkt. Na ja, der Anblick, bis der Alte endlich krepiert war .... aber immerhin für eine gute Sache. Dass seine Ex dann auf dieser tollen Geberkonferenz so schnell ein passendes Opfer für den Verkauf ausgespäht hatte, war doch auch wieder ein Glückstreffer. Und ihre Verführungskünste kannte er ja selbst am besten. Dass er nach so viel Jahren ausgerechnet genau diesen Typ treffen sollte ... auf Fuerteventura ... was für eine Ironie des Schicksals war das denn? Eigentlich schade, dass sie sich damals getrennt hatten, nach dem Verkauf, und jeder mit seiner Hälfte ein neues Leben angefangen hatte. Wo Isabella jetzt wohl sein würde? Südamerika war immer ihr Traum gewesen ... Aber ein Leben mit so einer Sado-Maso-Nymphomanin war sogar ihm auf Dauer zu anstrengend. Trotzdem kam etwas Wehmut bei ihm auf ... aber dafür war jetzt keine Zeit. Er musste eine Entscheidung treffen: Er konnte auf keinen Fall diese Einladung annehmen.

Niemand durfte ihn mehr mit diesem Anwesen in Verbindung bringen. Und SO nett waren die beiden ja auch wieder nicht. Typische Ferienbekanntschaft … und die lässt man halt auslaufen. Warum musste ausgerechnet Fabienne jetzt so Druck machen, die beiden so schnell wie möglich in diesem scheiss Schlösschen zu besuchen … ?

* * *

Ingrid und Fabienne hatten es sich nicht leicht gemacht. Viel überlegt, diskutiert und recherchiert. Allein auf die Frage „wo" gab es mehrere Antworten: Warum nicht schon auf den Kanaren? Warum nicht bei ihrem Lieblingssport, dem Surfen?

In der deutschen Zeitschrift für Sportmedizin fanden sie dann einen Beitrag der Wissenschaftler Dau, Dingerkus und Lorenz, die aufgrund einer retrospektiven Untersuchung zu dem Schluss kamen, dass es beim Wellenreiten am häufigsten zu Verletzungen der unteren Extremitäten (44,6 %) und des Kopfes (27,8 %) kam. Im Hinblick auf die erlittenen Verletzungsarten dominierten wohl eindeutig Schnittverletzungen (37,4 %). Und auf Frakturen kamen tatsächlich nur 7,6 %. Gut, dass sie sich vorher schlau gemcht hatten. Was war noch zu beachten? Die Verletzungen gingen in den meisten Fällen auf eine Kollision mit dem eigenen Surfboard (52,4 %) zurück, das liesse sich ja einrichten, wobei die Finne insgesamt 51,1 % auf das Wellenreiten bezogenen Verletzungen verursachte.

Damit konnte man doch arbeiten!

Sie hatten es eigentlich als Paket geplant. Im Sinne von: Die Beiden zusammen zu entsorgen. Aber da kam der Unfall von André's Mutter in Köln dazwischen, und die Drei liessen ihn, zusammen mit ihrem tiefsten Mitgefühl, eine Woche vor Ferienende alleine zurückfliegen. André war es wichtig, dass sein Spatz sich doch nicht die wohlverdienten Ferien wegen ihrer Schwiegermutter versauen sollte. Wo er doch schon alles so schön eingefädelt hatte und seine schnuckelige Sekretärin ihn vom Flugplatz abholte.

Mit Pierre alleine war es dann ein Kinderspiel. Sie wussten, wie wenig er sich ihrer gemeinsamen Reize erwehren konnte. Und es war wunderbarstes Fuerteventura Wetter, mit noch mehr Wind als sonst schon und Bedingungen, wie im Reiseführer beschrieben: *Reefbreaks an der North shore, mit jeder Menge Wumms.* Und Ingrid und Fabienne in ihren knappsten Bikinis, und, genau wie ihre Männer es doch so liebten „... ganz ohne Neoprenanzug in die Wellen zu gehen und nichts zu spüren zwischen dir und dem Meer".

Darauf, was eine Frau so alles unter ihrer Bandana verstecken konnte, wäre Pierre nie gekommen. Die Einstichstelle für das Insulin hätten sie eigentlich nicht am

Fuss lassen können - jeder halbwegs taugliche Pathologe hätte sie gefunden – aber dafür hatte Ingrid ja das kleine Skalpell dabei ... Wie war das nochmal: *Schnittverletzungen 37,4 %, in Verbindung mit der Finne insgesamt 51,1 %, und was die unteren Extremitäten betraf: 44,6 %.*

Als die beiden eine Woche nach dem tragischen Unfall von Pierre Walz auf Fuerteventura den Abschlussbericht und eine Urne in Empfang nahmen, bestätigte auch dieser Surfunfall die Statistik der Wissenschaftler Dau, Dingerkus und Lorenz.

Oder, wie der Lateiner sagen würde: Quod erat demonstrandum.

Epilog I

Obwohl man ja landläufig gerne mal behauptet, die Zeit heile alle Wunden, fühlte sich nach knapp einem Jahr immer noch etwas falsch an. Und als Fabienne mal wieder, wie so oft nach dem schrecklichen Unfall von Pierre, ein langes Wochenende auf dem Anwesen von Ingrid und André verbrachte, spielten das Schicksal und der Zufall ihnen das in die Hände, was ihnen zum Paradies auf Erden noch gefehlt hatte. Man muss halt nur zur richtigen Zeit am richtigen Ort sein.

Und das galt nicht nur für Fabienne, sondern auch für

André, der ausnahmsweise an diesem Wochenende keine „Überstunden" im Büro oder sonst wie geartete „ausserordentliche" Konferenzen im europäischen Ausland vorgegeben hatte.

Und da Pierre ja das Geheimnis der Orangerie mit ins Grab, oder genauer gesagt ins Wasser genommen hatte, war da auch nach einem Jahr niemand, der ihnen hätte erklären können, wieso es an einem so wunderbaren Ort mit so vielen exquisit riechenden Pflanzen an einer Stelle weiterhin - bestialisch stank.

„André, du hast doch immer gesagt, dass es auch was mit dem Abzug dieses uralten Holzofens im Gewächshaus zu tun haben könnte, oder? Der zieht jetzt immer schlechter, und vielleicht sollte doch mal jemand kommen und sich das Zwischengeschoss genauer ansehen. Vielleicht sind es ja auch nur ein paar tote Viecher, die da schon seit Ewigkeiten liegen. Lass uns das doch mal von einem richtigen Fachmann prüfen ...".

Sie kannte ihn so gut. Und hatte die Worte ganz präzise gewählt. Jedes einzelne:

Klar hatte er es schon immer gewusst! Und für so einen Pipifax, wie einfach mit der Leiter ins Zwischengeschoss zu klettern und sich umzuschauen, brauchte es doch keinen anderen Fachmann – ausser ihm. Und dafür auch noch Geld auszugeben, verrückt. Typisch Ingrid – Spatzenhirn!

* * *

Es war schon wieder so einfach. Und dieses Mal ganz ohne Spezialrecherche. Fabienne hatte solides Insider-Wissen, ihr Vater war Heizungsingenieur gewesen und Kohlenmonoxidprävention ein Steckenpferd von ihm. Sie hatten schon seit langem Vorkehrungen getroffen, den alten Ofen so manipuliert, dass sie eine Konzentration von 6.000ppm erreichen konnten, was in etwa 0,6% Kohlenstoffmonoxid in der Atemluft entspricht, und damit nach 10 Minuten zum Tod führte. Bei einer Konzentrationen von 30.000ppm wäre er schon nach zwei Minuten tot gewesen, aber das hatten sie nicht geschafft.

Ob nun 2 oder 10 Minuten lang die Klappe zum Zwischengeschoss zuzuhalten, war doch auch kein Problem. In voller Lautstärke brüllte Till Lindemans:

Du ... Du hast ... Du hast mich ... Du hast mich gefragt ...
Du hast mich gefragt und ich hab nichts gesagt!

Epilog II

André blieb auf mysteriöse Weise verschollen. Ingrid und Fabienne hatten die Leiche mit einer Schicht des berühmten Kalks aus Fuerteventura nach altbewährter Art präpariert, und jedes Jahr kamen ein paar Liter Lavendelessenz aus eigenem Anbau dazu ...

Jetzt roch es endlich wie in einer Orangerie.

Vielleicht würden sie ja nach 10 Jahren Wertsteigerung und Verschollenengesetz doch das Anwesen verkaufen und ganz in den Süden ziehen.

Noch einen … perfekten Mord
oder
Ein fast ganz normales Leben

Er hatte sich früh darauf spezialisiert:

Schon als Kind viel gelesen. Zuerst Krimis, dann Fachbücher. Nach dem Abitur ging es sogar an die Uni. Ein paar Semester Jura in Hamburg. Ein paar Semester Medizin in Saarbrücken und Psychologie in München. Mit dem Spass hatte er auch die Republik etwas besser kennengelernt. Auch das gehörte zu seinem Plan.

Beruflich hatte er dort hingefunden, wo er immer hinwollte. Als Streifenpolizist hatte er die beste Ausgangsposition für seine Mission:

Nämlich für Recht und Ordnung zu sorgen.

Es war alles viel leichter als gedacht. Er suchte sich immer schwache Frauen aus, die seine Hilfe brauchten. Vertrauen hatten sie immer schnell, wenn sie seine schöne blaue Uniform sahen. Und er hatte ja auch was zu bieten. Nicht nur sein gewinnendes Lächeln. Er sah gut aus. Die fast violetten Augen hatte er von seiner Mutter. Dazu die blonden Haare und seine athletische Figur. Das machte was her. Aber was am besten bei den

Frauen ankam: Er konnte zuhören – stundenlang, wenn es nötig war. Er wäre sicherlich ein guter Therapeut geworden. Die ursprüngliche Bedeutung des Wortes war doch genau das, was er für diese Frauen war: ein Diener, manchmal auch ein Wärter und oft sogar ein Pfleger.

An sein allererstes Opfer wollte er sich auf keinen Fall mehr erinnern. Das war zu schlimm. Sogar für ihn. Seitdem versuchte er auch, weniger Blut zu vergiessen. Er hatte lange gebraucht, sich andere Arten der Tötung zu überlegen. Er wollte so wenig Gewalt wie möglich ausüben. Obwohl alle seine Opfer es verdient hätten, lange zu leiden. So wie sie zuvor anderen langes Leid zugefügt hatten. Alle. Das hatte er immer gut recherchiert. Er musste sich mehr als hundertprozentig sicher sein. Sonst wäre ja alles umsonst gewesen.

Es sollten ja schliesslich wieder Recht und Ordnung hergestellt werden.

* * *

Es war 2 Uhr früh. Seine gewohnte Zeit. Um 2 Uhr wurde er jede Nacht wach. Jede Nacht, in der er keinen Streifendienst hatte. Obwohl er meist todmüde ins Bett fiel und sofort einschlief. Wenn er jedoch Nachtschicht hatte und tagsüber den Schlaf nachholte, war es noch schlimmer. Da musste er sogar mit Tabletten nachhelfen. Aber dann kamen wenigstens nicht die Alpträume.

Er holte die Kiste aus seinem Versteck und öffnete den schweren Holzdeckel. Nur nicht an das erste Opfer denken, dann schon lieber an die anderen. Und dafür hatte er sich die Kiste zugelegt, in der er seine Trophäen sammelte. Heute gedachte er der Armbanduhr. Die war nichts wert, ausser dass sie ihm die Bilder lieferte, wie er zu ihr gekommen war. Das war die Leiche, die er danach im Moor versenkt hatte. Er kannte sich aus mit Moorleichen und was man tun musste, damit sie nie wieder an die Oberfläche kommen. Seine lag nun schon zwanzig Jahre dort. Also kein Grund zur Beunruhigung. Er legte die Uhr wieder zurück und zog das rotkarierte Taschentuch heraus. Das tat ihm immer besonders gut. Danach konnte er vielleicht sogar wieder einschlafen. Er legte sich wieder aufs Bett und zog den Duft von altem Tabak ein. Dass der immer noch zu riechen war, nach so langer Zeit? Vielleicht bildete er es sich ja auch nur ein, so wie die Bilder von dem Unfall in der U-Bahn. Rush hour in München ... das war ihm damals gut gelungen.

Er recherchierte vorher immer minutiös, welche Ausschnitte die jeweiligen Überwachungskameras abdeckten. Es war ja schliesslich nicht das erste Mal, dass er genau diese Methode anwandte. Im Gedränge konnte niemand merken, dass er die Person gestossen hatte, statt, wie jeder vermutete, ihr zu helfen. Er war in Uniform und wie immer hilfsbereit, und in diesem Fall sogar als erster am Tatort. Das durfte er natürlich nicht zu oft wiederholen. Aber er wechselte ja sogar die Städte. Und meistens verschwand er sofort in der Menge. Das waren die Fälle, in denen er keine Uniform trug.

Ob Bus, Zug oder U-Bahn, er hatte sie alle schon als Tötungsmaschinen eingesetzt. Grässlich für die armen Lokführer oder -führerinnen; die taten ihm immer leid. Aber an die durfte er jetzt nicht auch noch denken; morgen war ein neuer Tag.

Jetzt war er endlich müde und wollte nur noch schlafen.

* * *

Als er den Wecker klingeln hörte, fühlte er sich zum ersten Mal nach langer Zeit wieder ausgeruht. Das Taschentuch hatte ihm gut getan als Memento, wie immer, und er konnte sich sogar noch erinnern. Kein Alptraum, wie so oft, nein, ein schöner, wohltuender, fast schon erholsamer, gesunder Traum.

Es ging um eine Testamentseröffnung. Bei einem Notar. Und die Anwesenden waren die neun Männer und Frauen, deren Fotos er aus der Zeitung kannte, und die die Züge gelenkt hatten, vor die er seine Opfer gestossen hatte. Es machte ihm gar nichts aus, dass die Testamentseröffnung seine war. Auch, sich den eigenen Tod vorzustellen, hatte nichts Erschreckendes. Schon seit langem nicht mehr. Als Kind hatte er sich oft die eigene

Beerdigung ausgemalt und sich vorgestellt, wie seine Eltern, die damals noch lebten, und die wenigen Freunde, die er hatte, um ihn trauern würden. Und statt Lilien oder Rosen hatte er sich tausende und abertausende Pusteblumen ausgedacht. So als würde es schneien. Aber es sollte warm sein und die Sonne strahlen. Das Bild gefiel ihm heute noch.

Nein, dieser Traum schockierte ihn nicht. Im Gegenteil. Er motivierte ihn, seinen letzten Willen aufzuschreiben und genau diese neun Menschen als seine Erben einzusetzen. Sonst war doch niemand mehr da. Und dann könnte auch das viele Geld aus seiner Familie noch zu was gut sein.

Was für eine brilliante Idee. Nein, ein Wink des Schicksals. Er könnte es endlich erklären – ALLES – in seinem Testament.

„Johannes, hörst du mich oder träumst du schon wieder? Beeil dich, wir haben einen Einsatz im Frauenhaus *Kokon*. Schon der dritte diese Woche. Kein Wunder, bei dem Wetter drehen die Kerle noch mehr durch als sonst ..."

Er antwortete nichts darauf. Beide wussten sie, dass das Wetter nichts damit zu tun hatte. Und wenn, dann nur als Auslöser. Aber das war ja schlimm genug. Als sie endlich in der Hardenbergstrasse 18 ankamen, waren Kollegen schon da und hatten einen bulligen Mitt-fünfziger am Boden liegen. Wo das viele Blut her kam, war nicht auf den ersten Blick zu erkennen. Aber der Notarzt kümmerte sich schon um eine kleine zierliche Asiatin und ihr schreiendes Kind. Diesmal hatte sogar die Leiterin, Frau Dr. Uhlmann, was abgekriegt.

„Na, Petra, ist mal wieder heftig bei euch. War der nicht letzte Woche schon mal da?"

„Ach … Johannes, du weisst ja, wie die ticken. Und ich weiss, was ihr machen könnt und was nicht. Aber manchmal …".

Sie unterdrückte tapfer die Tränen und liess sich ihre Platzwunde an der linken Schläfe verbinden.

„Nochmal Glück gehabt, Frau Kollegin. Einen Deut tie-fer und ich hätte Sie mitnehmen müssen. Passen Sie besser auf sich auf …".

Johannes schaute den Notarzt kurz an, und schon summten die Telefone, und sie wurden zu einem neuen Einsatz gerufen.

„Du kennst die Tussi vom *Kokon* wohl besser …"

Aber Johannes hatte keine Lust auf Vertraulichkeiten unter Kollegen. Er war als Eigenbrötler bekannt, und so sollte es bleiben.

„Sie heisst Petra. Dr. Petra Uhlmann und nicht Thusnelda. Du bist mit deinem Jargon doch echt in den 90ern stecken geblieben ...".

„Und du ein Arsch!"

„Sag ich doch, in den 90ern stecken geblieben."

* * *

Er hatte keine Freunde, schon gar nicht unter den Kollegen. Aber die meisten respektierten ihn. Sie wussten, dass er sich verteidigen konnte, und keiner wollte es drauf ankommen lassen.

Sie hatten mittlerweile auch gemerkt, dass er sehr sozial eingestellt war. Mehr nicht. Damals, als ALLES ihm zu viel wurde und er für ein paar Jahre auf halbe Stundenzahl ging, hatte der Kollege ihn ein paar Mal zu oft beim *Kokon* gesehen. Wie er mit Frauen sprach, die sich ihm anvertraut hatten. Das war zu auffällig, und er musste seine Taktik ändern.

Er kam auf die Idee mit dem Nebenjob bei der Telefonseelsorge. Nicht online im Chat, sondern nach altbewährter Art – er liebte den Ausdruck - am SeeleFon.

Leute wie er waren gefragt: Vertrauenspersonen mit der passenden Ausbildung. Es dauerte nie lange, bis die Frauen den ehernen Grundsatz „Anonymität und Verschwiegenheit" über Bord warfen und sich mit ihm treffen wollten. Es waren die Verzweifeltsten. Und er hörte ihnen zu. Die Geschichten von misshandelten Töchtern und Söhnen; Mütter, die sich nicht trauten, ihren eigenen Kindern zu helfen. Frauen, die geschlagen und vergewaltigt wurden. Denen zu lange keiner geglaubt hatte. Die sich selbst oft sogar schuldig fühlten. Anfingen, aggressiv zu werden. Gegen sich und andere; oder gegen noch Schwächere! Und danach verzweifelt waren über sich selbst.

Er kannte sie:

Die Gewaltspirale des täglichen Lebens. In der sich Phasen brutalster Gewalt und trügerischer Ruhe heimtückisch abwechseln.

Er kannte sie seit seiner Kindheit.

* * *

Noch tiefere Einblicke in das Seelenleben seiner Opfer bekam er dann später in den Selbsthilfegruppen. Zuerst ging es ihm nur um Informationen, aber schnell merkte er, dass die Gespräche auch ihm halfen, sich noch besser kennen und verstehen zu lernen. Schade, dass er die vielen guten Therapeuten aus dieser Zeit nicht weiter frequentieren durfte. Seine Tarnung wäre aufgeflogen. Und seine Mission gefährdet.

Er musste doch Recht und Ordnung wieder herstellen …

Und so hörte er sich die Geschichten weiter an. In jeder neuen Gruppe - das selbe Muster:

„Das schreiende Kind überforderte uns. Wir stritten oft, zuerst nur mit Worten. Mit der Zeit begannen wir, uns zu schubsen, zu zerren, grob anzufassen. Nach jedem Streit fühlte ich mich schrecklich. Ich dachte, wir kriegen das in den Griff…. Aber die Gewalt wurde immer brutaler. Er trat mich, riss mich an den Haaren und biss mir in die Hand. Die Nachbarn riefen die Polizei. Zwei Jahre lang ging es so weiter, mehrmals kam die Polizei. Wie oft musste ich ins Krankenhaus. Nach einem besonders schlimmen Streit, in dem unser Sohn schwer verletzt wurde, hab ich mich entschlossen, zurückzuschlagen, aber er war stärker… seitdem sitze ich im Rollstuhl."

Es brauchte nie sehr lange, bis er wusste, wen er als nächsten bestrafen musste, und wie. Am liebsten waren ihm die sportlichen Typen. Wenn er über ihre Gewohnheiten genug erfahren hatte, folgte er ihnen. Abgründe gab es überall, sogar am Meer. Und da er gerne reiste und es sich leisten konnte, folgte er ihnen wie ein zweites Ich. Er hielt sich nie lange mit Erklärungen auf, wenn sie plötzlich merkten, was los war. Er war ja schliesslich kein Racheengel. Er war Justitia und

musste an seine Mission denken. Nur seine Rückendeckung war ihm wichtig. Und nie die selbe Stelle zweimal benutzen. Er war ja schliesslich Profi.

Nach getaner Arbeit ging er zurück und hörte weiter
zu:

*„Ich wurde von meinem Mann seelisch gequält, kontrolliert,
geschlagen und sogar vergewaltigt. Ich durfte keinen
Deutschkurs besuchen und hatte kein eigenes Geld. Mein
Mann hat mir den Kontakt zu Familie und Freundinnen verboten. Immer wieder sagte er mir, wie wertlos, dumm und
hässlich ich bin. Die jahrelange Gewalt hat meinen Selbst-
wert zerstört. Ich habe selber geglaubt, dass ich nichts wert
bin und dass ich froh sein muss, dass mein Mann mich geheiratet hat. Ich habe vier Suizidversuche hinter mir ...“*

Aischa hatte ihm von ihrem deutschnationalen Ehemann erzählt. Ein ganz toller Bursche. So einer mit einer tätowierten 88 auf der kahlgeschorenen Kopfhaut.
Und auch, wie er mit den schwarzen Lederstiefeln immer wieder auf sie eintrat. Aber was konnte sie mit ihren knapp 40 kg schon gegen ihren Übermann ausrich-
ten? Wie gut, dass Johannes erfuhr, wie gerne der in
den Alpen zum Bergsteigen war. Am liebsten natürlich
am Obersalzberg ... Der Typ dachte, er sei mit einem
Gleichgesinnten auf Pilgerfahrt, als er ihn wie zufällig
im Fahrstuhl zum Kehlstein ansprach.

Was für ein grandioses Panorama – unvergesslich – als

auch dieser Menschenschinder in den Abgrund stürzte.

* * *

Es ist vollbracht, nur noch ein paar Monate. Dann wären es 30 Jahre, dass er seine Mutter von dieser versoffenen Bestie, die sein leiblicher Vater war, befreit hatte. Er hatte es ihrem geschundenen Körper versprochen, als sie in seinen Armen starb. 30 Jahre im Dienst für Recht und Ordnung. Das sollte reichen.

Zu schade, dass niemand da sein würde, ihn für seinen unermüdlichen Einsatz für die Opfer häuslicher Gewalt auszuzeichnen. Aber er konnte auch ohne Lob auskommen. Er hatte so viel gelernt in den Selbsthilfegruppen – auch das.

Vor ihm lag ein neues Leben … Ein Leben, in dem er sich vielleicht sogar trauen würde, Frau Dr. Uhlmann auf ein Glas Wein einzuladen.

Petra würde ihn verstehen.

Da war er sich sicher.

29 auf einen Streich!
oder
Corona macht's möglich …
irgendwo im Elsass, April 2020

„Das kannst du nicht machen!"

„Und warum nicht?"

„Da fragst du noch? Hast du denn gar kein Gewissen?"

„Warum sollte ich? Nicht bei dem ..."

„Was du vor hast, ist …"

Iris suchte verzweifelt nach Worten. Aber sie war zu schockiert über das, was er ihr gerade ins Ohr geflüstert hatte. Sie konnte nicht weiter neben ihm liegen bleiben, stand auf, streifte sich sein T-Shirt über und zündete zwei Zigaretten an.

Nach dem ersten Lungenzug fiel ihr nichts besseres ein als:

„Es ist krank - einfach krank. Das gerät ausser Kontrolle. Und das weisst du ganz genau. Und deswegen sage ich es nochmal. Es ist krank, nein, du bist krank …

Au, lass mich los, du tust mir weh! Ich hab gesagt, du sollst mich loslassen. Ich schreie ... "

„Sag das nie wieder zu mir. Hast du gehört? Nie wieder!"

Iris wusste, wie er tickte, und dass sie jetzt besser den Mund halten sollte. Aber recht hatte sie trotzdem. Es war krank. So was von ... Nur, weil er seinem Onkel nach so viel Jahren den Garaus machen wollte, das Leben von so viel anderen, unschuldigen, Menschen mitzugefährden.

Verrückt, einfach nur verrückt. Sie musste was tun. Sie kannte Antonio mittlerweile so gut, dass sie wusste, er würde nicht nur davon reden. Er würde es durchziehen. Und auch nicht lange warten. Sobald sie wieder alleine wäre, würde sie seine Therapeutin anrufen. Vielleicht hätte die eine Idee: Wieder Tabletten? Im Notfall wieder in die Klinik?

„Was ist los, was schaust du so hinterhältig, du heckst doch irgendwas aus? Wenn du die Polizei rufst, dann ..."

Aber Iris liess ihn nicht ausreden. Sie drückte ihm ihre schmalen Lippen auf den Mund, nahm seine Hand und legte sie wieder auf ihre Brust. Das funktionierte eigentlich immer.

„Du willst mich nur ablenken. Ich kenn dich doch, meine liebe kleine Iris. Ich hab in 10 Jahren angewandter, hautnaher Therapie mehr gelernt als du in zwei Jahren theoretischer Psychologie …"

Er lachte sie an. Dieses breite hämische Lachen, das seine strahlendweissen Zähne immer bis aufs Zahnfleisch entblösste.

Aber er nahm sie trotzdem bei den Schultern, erwiderte inbrünstig ihren Kuss und zog sie wieder ins Bett. Aber jetzt wollte sie nicht mehr. Nicht, nachdem er sie so durchschaut hatte.

* * *

Sie hatte ihn vor knapp einem Jahr im Supermarkt bei ihr um die Ecke entdeckt. Er fiel ihr sofort auf. Er sah einfach toll aus. Mittelgross, Dreitagebart, eine Brille wie Bertolt Brecht, lässige Jeans und Designerhemd, braungebrannt, und dann das Interessanteste: Die Tattoos am Auge. Noch am selben Abend hatte sie sich schlau gemacht im Internet:

*Hat jemand mehrere **Tränen** am Augenwinkel tätowiert, stehen sie für die von ihm begangenen Morde oder die Anzahl der Inhaftierungen. Eine einzelne **Träne** kann auch für die Trauer über den Verlust eines geliebten Menschen stehen und für die Absicht, diesen zu rächen – oder dafür, dass man schon zehn Jahre inhaftiert ist.*

Daraus machte sie sich ein erstes Bild. Es beflügelte ihre Phantasie. Sie musste ihn unbedingt wiedersehen. Diesen männliche Geruch einatmen: das war nicht nur Aftershave. Das waren Kraft und Mut. Muskeln wie Drahtseile. Und dann der Blick, der sie fast durchbohrt hätte. Vielleicht war es ja auch nicht so clever von ihr gewesen, sich die Sachen in seinem Einkaufswagen so genau anzuschauen. Diskret war echt anders. Aber es hatte sich gelohnt. Sage mir, was du isst, und ich sage dir, wer du bist ... Oder so ähnlich geht doch der Spruch. Auf jeden Fall waren es wichtige Elemente, um ihr Bild zu vervollständigen. Und sie wusste heute noch genau, was im Korb lag: Eine Unmenge von dem selben tiefgefrorenen Fertiggericht (Hähnchen Curry), drei Flaschen roten Vacqueyras, sechs Flaschen Louis Roederer Brut, ein Sixpack dunkles Leffe, mindestens sechs Packungen Toilettenpapier und sechs Gläser von dieser sündhaft teuren Foie Gras aus dem Perigord.

„Stimmt was nicht, oder warum starren Sie so in meinen Einkaufswagen ...?"

Er war blitzschnell neben ihr aufgetaucht. Dabei hatte sie doch so gut aufgepasst. Und gesehen, wie er sich ein Ticket am Käsestand gezogen hatte.

Sie kam sich vor wie ein kleines Kind, das gerade beim Naschen erwischt wurde. Und sicherlich war sie auch puterrot angelaufen. Sie spürte die Hitze bis in die Haarwurzeln.

Er blitzte sie wütend an mit diesen grünblauen Augen. Solche hatte sie ja noch gar nie gesehen. Und dazu dieses tolle abweisende Gehabe. Da wusste jemand sich zu verteidigen. Toll, was für ein Mann!

Sie stammelte sich ein triviales „Sorry, ich such' meinen Wagen ...", zusammen und verschluckte vor Aufregung den Rest. Als er schon längst kopfschüttelnd und irgendetwas Unhöfliches grummelnd an der Kasse stand, sagte sie mit Tränen in den Augen:

„Nichts für ungut. Ich wünsche Ihnen auch einen schönen Abend ..."

* * *

Er wusste heute noch nicht, warum er damals, als er das dritte, oder war es das vierte Mal, im Supermarkt über sie gestolpert war, die Einladung auf einen Drink angenommen hatte.

Okay, sie sah ganz sexy aus. Hatte diesen schönen, nicht zuviel, nicht zu wenig Busen. Statt Jeans, wie fast alle in ihrem Alter, trug sie meist kurze farbenfrohe Röckchen und ein T-Shirt, das den Blick vorne auf den Bauchnabel frei liess und, sobald sie sich umdrehte, auf das Tattoo am Rücken. Den kleinen scharlachroten Skorpion, genau am untersten Ende ihrer kerzengeraden Wirbelsäule. Gerade so, als wolle er sich durch ihre Unterwäsche und zwischen die zwei drallen Pobacken zwängen.

Er hatte sofort so ein komisches Gefühl. Fand sie aufreizend. Vorwitzig. Indiskret. Aber trotzdem gefiel sie
ihm. Er öffnete schliesslich nicht für jeden seinen Lieb-
lingschampagner. Und schon gar nicht eine Foie Gras.
Aber sie war so – ja was – sensationslüstern; genau, das
war sie. Sensationslüstern. Und zwar auf alles: Alles zu
essen, alles zu trinken, alles von ihm. Und bei der zweiten Flasche Champagner erzählte er ihr nicht nur, dass
er sieben Jahre in der berühmt-berüchtigten Engel-
mann-Strasse in Strassburg abgesessen hatte. Sondern
auch, warum: Seine schwere Kindheit. Sein Jähzorn.
Seine gefährliche Linke. Ein Haken, und sein Gegenüber war platt. Nicht nur einmal. Und auch, dass er weder rassistisch noch sexistisch war. Er schlug halt nur
gerne zu: ob schwarz, ob weiss, ob Mann oder Frau. Bei
ihm hatten sie alle die selbe Chance!

Das Tolle war ja auch, dass diese Iris gar nicht schockiert war. Dieser Blick. Die himmelte ihn an, je mehr
er erzählte. Also gab er ihr weiter Stoff. Und damit bekam er sie sogar ins Bett. Die war richtig geil auf harte
Typen. Er brauchte sich nicht zu schämen, geschweige
denn zu verstellen, wie sonst bei Frauen; sogar denen,
die er bezahlte. Egal!

Schlimm wurde es ja erst, als er ihr von seinem Onkel
Claude, dem Arschloch, erzählte und was er mit ihm
vorhatte. Das hätte ihm nicht passieren dürfen. So die

Hosen runterzulassen und das Intimste seiner Welt preiszugeben: Nämlich, dass dieses Schwein von Claude seine Mutter vergewaltigt hatte. Er war wohl schon immer scharf auf sie gewesen und als *papa* damals mal wieder unterwegs war, wie so oft, hatte er sie ... er konnte es heute noch nicht aussprechen. Warum war *papa* auch so oft weg? Staubsaugervertreter. Was für ein Scheissjob war das denn? Und *maman*, die hatte nichts gesagt. Erst auf dem Sterbebett. Und das Schlimmste für IHN war nicht einmal, dass Claude sie danach immer wieder vergewaltigt hatte. Das war schlimm für SIE. Nein, das Schlimmste für Antonio war, das ausgerechnet dieser Arsch sein leiblicher Vater war und er seine Gene geerbt hatte. *Papa* musste es irgendwann rausgefunden haben. Alles. Das war nun schon 10 Jahre her. Danach gab er sich den Strick. Aber damals hatte Antonio noch nix kapiert. Erst seit drei Monaten. Erst seit *maman* tot war. Dieser leere Blick. Diese schon immer toten Augen. Jetzt waren sie für immer zu. Heute wusste er endlich, warum alles so schlimm war. Und warum er so geworden war, wie er ist. Da nutzte auch all das viele Geld nicht, das Claude ihm schon vor Jahren überschrieben hatte. Dieser Scheisskerl. Dieses Stück Dreck.

Aber heute wusste er, was noch zu tun war. Ein letzter Liebesbeweis für seine Mutter, die ihm zu Lebzeiten keine Liebe geben konnte. Weil sie ja schon viel früher gestorben war. Nur hatte es damals niemand gemerkt.

* * *

L'Est Républicain, 24. April 2020:
Schon wieder Corona-Tote in einem Pflegeheim! In der gest-
rigen Ausgabe berichteten wir von Sterbefällen in einem Se-
niorenheim in Mulhouse; und heute erfahren wir von dem
bisher schwersten Corona-Fall im Elsass: In einem Senioren-
heim in Strassburg sind 29 Personen in Verbindung mit
dem Virus gestorben. Nach unseren Recherchen handelt es
sich um 21 Heiminsassen, 3 Pfleger, 3 Krankenschwestern,
einen Seelsorger und eine Person der Heimleitung. Es wird
im Moment davon ausgegangen, dass der Virus von aussen
in das Heim hineingetragen wurde.

Iris legte mit zitternden Händen die Tageszeitung aus
der Hand und versuchte, ihre Beherrschung nicht ganz
zu verlieren. Jetzt nur kein falsches Wort sagen. Und
sie liess ihn reden.

„Was regst du dich denn auf? Es konnte überhaupt
nichts schief gehen. Und die Kollateralschäden sind
auch nicht schlimm. Es gibt bestimmt wieviel Alte, die
hätten mir sogar noch Geld für Sterbehilfe gegeben.
Schade, dass ich daran nicht früher gedacht habe ...".

Er versteckte noch nicht mal sein zynisches Lachen und
bot ihr eiskalt eine Zigarette an.

„Du hast also …. ein Päckchen … mit Coronavirus infiziertem Inhalt … deinem Onkel ins Altenheim geschickt. Einfach so? 29 Menschen tot! Das sind zig Tote, die nichts mit deiner Familiengeschichte zu tun hatten. Du bist, du bist … ja, du bist wahnsinnig."

Kaum war das Wort über ihre Lippen, spürte sie den brennenden Schmerz seiner mit voller Kraft geschmetterten Ohrfeige. Sie fiel sofort zu Boden. Ihr wurde schwarz vor Augen und sie schmeckte warmes Blut auf ihren Lippen und im Mund. Dann ging alles sehr schnell: Sie griff um sich, ohne genau zu sehen, wonach. Der erste feste Gegenstand, der ihr in die Finger kam, war der Schürhaken. Und damit schlug sie zu. Zuerst in alle Richtungen. Dann gezielt. Nicht einmal. Nein, sie schlug und schlug und schlug. Immer und immer wieder.

* * *

L'Est Républicain, 11.7.2029
Iris Lemaire, die französische Antwort auf Frida Kahlo:

Zum ersten Mal seit ihrer achtjährigen Gefängnisstrafe wird die Künstlerin Iris Lemaire heute anlässlich ihrer diesjährigen Vernissage „Bis auf den Grund der Dinge" persönlich anwesend sein. Viele von Ihnen werden sich an das tragische Schicksal dieser Frau noch erinnern, die vor acht Jahren ihren Liebhaber auf brutalste Art erschlagen hatte. Danach nie

wieder redete und während ihrer Gefängnisstrafe so aus-
drucksstarke Bilder gemalt hatte, die in kürzester Zeit inter-
nationale Anerkennung fanden. Schon ihre Anfangswerke
wurden von Kunstexperten mit der Technik und Aussage-
kraft der mexikanischen Ausnahmekünstlerin Frida Kahlo
verglichen. Bei beiden Frauen geht es hauptsächlich um den
Kampf mit ihrem Leiden, dem körperlichen Schmerz, und bei
Iris Lemaire ganz besonders dem seelischen. Im Unterschied
zu Frida Kahlo hat sich Lemaire in den letzten Jahren nicht
nur ihrer eigenen Geschichte, sondern auch der ihrer Mit-
Arrestantinnen gewidmet.

Nach dem ersten Bilderzyklus „Abgründe", der sie zu natio-
nalem Ruf brachte, kam jedes Jahr ein neuer hinzu. Ihre
Werke werden am Kunstmarkt hoch gehandelt.

Vernissage 11.7.2029, 19h, Galerie du Marais, 21 Place des
Vosges, 75003 Paris

* * *

„Mademoiselle Lemaire, darf ich Ihnen eine indiskrete
Frage stellen? Sie haben sich heute zum ersten Mal
nach vielen Jahren in Worten ausgedrückt und nicht
„nur" in phantastischen Bildern. Ich darf sicherlich im
Namen aller Anwesenden und auch meiner Journalis-
tenkollegen sagen, wie sehr es uns gefreut hat, ihre persönlichen Ausführungen zu den Werken zu hören. Jedes ihrer Bilder spricht für sich und lässt tiefe Einblicke
in die Seelen der Menschen zu. Sie führen uns nicht nur

zur Tat, sondern auch zum Grund jedes einzelnen Gewaltverbrechens.

Und obwohl doch immer ganz schreckliche Geschichten dahinter stehen, wie wir jetzt von Ihnen erfahren haben, benutzen Sie meistens kräftige, helle und, man kann fast sagen, positive Farben, statt, wie man vermuten könnte, dunkle, wie bei Francis Bacon und anderen. Bis auf ein Gemälde, das auch von der Geschichte gar nicht zu den anderen Werken von Ihnen zu passen scheint.

Ich meine das, das auf ihren ausdrücklichen Wunsch, wie ich von ihrer Agentin gehört habe, in jede ihrer Vernissagen in den letzten Jahren integriert wurde, aber unverkäuflich ist.

Das ganz hinten in der Ecke.

Das mit dem Titel: 29 auf einen Streich.

Das war doch kein Gewaltverbrechen...

War das nicht Corona?

Die vergessene Leiche
oder
Warum erst jetzt?

Eigentlich wollte ich sie gar nicht mehr besuchen. Aber DEN Vorsatz nahm ich mir leider immer erst auf dem Rückweg, nach wieder einem verpfuschten Wochende. Wo bitte steht geschrieben, dass man seine Schwester lieben muss? Vor allem, wenn sie siebzehn Jahre älter ist und GANZ anders?

Es gab so Vieles, an das ich nicht mehr zurückdenken wollte. Angefangen mit unserer eigentlich gar nicht so gemeinsamen Jugend. Als ich geboren wurde, war sie doch geistig bestimmt schon am Kofferpacken. Sie hatte unser Elternhaus an ihrem achtzehnten Geburtstag verlassen. Nicht erst nach dem damals noch obligatorischen Kaffe und Kuchen am Nachmittag. Nein, Lotte war schon vor dem Frühstück weg. Und kam danach nur zweimal im Jahr zu Besuch: zum Geburtstag unserer Mutter und zu meinem. Mit einem grossen Blumenstrauss und einem breiten Lachen. Als wären wir an diesem Tag eine ganz normale Familie.

Irgendwann brachte sie dann Armin mit. Sie hatte ihn an der Uni kennengelernt. Er studierte Jura, und sie Lehramt. Er kam aus einer Anwaltsfamilie und hatte es daher weniger schwer als Lotte, sich zuerst das Studium und später einen Platz im Leben zu erkämpfen. Wie Lotte sich ihr Studium finanziert hatte, erzählte sie mir erst Jahre später. Danach wurden wir Freundinnen, lernten uns endlich kennen und sogar verstehen.

Aber bis dahin passierte noch so viel anderes ...

* * *

Als ich zehn wurde, verstand ich, warum Lotte nicht mehr bei uns wohnen wollte. Das, was Papa als ganz normal darstellte, war mir meistens unangenehm. Manchmal tat es sogar weh. Schön war es nie. Ich fragte Lotte an jenem Geburtstag zum ersten Mal, ob ich mit ihr fahren dürfte. Egal wohin. Einfach nur weg. Aber sie schüttelte nur traurig den Kopf und sagte:

„Es muss doch einer von uns bei Mama bleiben ...".

Und ich antwortete:

„Warum ich?"

Aber da war sie schon wieder weg. Ich hasste sie. Und ich beneidete sie. Sie war frei. Und wurde mein Vorbild. Nur eines wollte ich nicht so machen wie sie. Ich wollte nie heiraten. Nie so einen Typen treffen wie Onkel Armin. Schon bei der Hochzeit, ich war eine der Brautjungfern, ganz in rosa Tüll gekleidet, konnte er sich nicht zurückhalten. Brautjungfer, was für ein blöder Ausdruck! Dass ich damals schon längst keine mehr war, schien ausser mir niemanden zu interessieren.

Deshalb überspringe ich jetzt einfach mal die Jahre bis zu MEINEM achtzehnten Geburtstag. Ich musste raus. Und jetzt konnte ich es auch ohne Lottes Hilfe schaffen. Mutter war damals schon dement. Und ich hatte weder das Zeug, eine gute Pflegerin zu sein, noch, die Hochschulreife zu schaffen. Wie ich schon sagte: Ich war ganz anders als Lotte! Aber mit 18 konnte ich selbst entscheiden. Zuerst brauchte ich Geld. Daher fuhr ich mal wieder übers Wochenende zu Lotte und fragte sie, aber die lachte nur.

Und Armin meinte:

„Wenn ich so aussähe wie du, dann wüsste ich schon, wie ich mein Geld verdienen würde ..."

Ich schaute ihn an und wusste drei Dinge: dass ich in dieser Nacht die Tür zum Gästezimmer abschliessen, dass ich am nächsten Tag abreisen musste, und dass ich so schnell nicht wieder zurückkommen würde.

* * *

Ich fing eine Lehre nach der anderen an: Friseuse, Verkäuferin, Fremdenführerin, Reinigungskraft und Barmädchen. Zu letzterem hätte ich mich in Deutschland nie getraut. Also ging ich ins Elsass. Da konnte ich mich auf deutsch durchschlagen und das tun, was ich früh gelernt hatte: Keinen Wert auf meinen Körper zu legen, ausser ihn zu pflegen. Armin hatte schon recht gehabt. Was man so als Callgirl verdient, wenn man gut ist und so aussieht wie ich: ein kleines Vermögen.

Die Strassburger Zeit war wie Geld drucken. *Vive l'Europe*.

Ein Goldfischteich voll finanzstarker, überarbeiteter, vereinsamter Menschen. Internationale Schickeria, top Restaurants, Designershops und ein Penthouse für mich in der *Allée de la Robertsau* fussläufig zu den europäischen Institutionen.

Lotte und ich sahen uns erst zu Mutters Beerdigung wieder. Was mich alles davon abgehalten hatte, sie in den zehn dazwischenliegenden Jahren zu besuchen, weiss ich nicht mehr so genau. Ob ich mich geschämt hatte, ihr von meinem Leben zu erzählen? Ob es Widerwillen gegen Armin war, oder einfach nur die Tatsache, dass wir ganz und gar verschiedene Charaktere waren? Was hatte ich mit einer immer alles besser wissenden grossen Schwester am Hut, die obendrein auch noch Lehrerin war?

Einfach: Gar NICHTS!

* * *

Wir hatten ja kaum Verwandtschaft, und so standen wir mit nicht mehr als einem Dutzend Leute um das kleine Urnengrab. Es war schon traurig. Aber nach den 10 Jahren Alzheimer unserer Mutter wusste ich nicht, über wen ich mehr weinen sollte: über sie oder mich. Lotte erzählte mir an diesem Abend zum ersten Mal aus ihrem Leben: wie traurig sie heute noch sei, mich damals alleine gelassen zu haben. Wie sie ihr Studium finanziert, aber ihrem Mann nie etwas davon erzählt hatte. Wir waren eigentlich gar nicht so unterschiedlich, wie ich immer gedacht hatte. Sie habe in Frankfurt im Bahnhofsviertel gearbeitet. In einem der besten Clubs. Zwar nie auf eigene Kosten. Aber sie habe immerhin rechtzeitig den Absprung geschafft. In ein gutes, bürgerliches Leben mit Staatsexamen und Job, Ehemann, drei Kindern und mittlerweile zwei Enkeln.

„Was will ich mehr, Ella? Armin ist als Wirtschaftsanwalt oft unterwegs. Bringt mir immer was Schönes mit. Ein Goldarmband aus New York, eine handgewebte Stola aus Jerusalem, einen Seidenschal aus Peking, leckere Gänseleber aus Strassburg und Unzähliges mehr. Schlägt mich nicht, vergewaltigt mich nicht … was will man mehr?"

Wir lachten beide über ihr Szenario. Aber warum hatte sie es gesagt? Hatte sie den selben Verdacht wie ich, dass er auf seinen vielen Dienstreisen rumvögelte? War sie froh, dass er bisher noch kein anderes „Geschenk" mitgebracht hatte, eins, das sie nicht so leicht wegstecken könnte?

Seit diesem Tag haben wir uns nicht mehr aus den Augen verloren. Ihre Besuche bei mir in Strassburg waren schöner als meine bei ihnen in Hamburg. Aber ich legte mein Gastspiel bei ihnen immer öfter auf Tage, an denen Armin unterwegs war. Und das war er oft. Mal dienstlich. Mal bei den Kindern in Berlin und Frankfurt, angeblich zum Kinderhüten.

Wann es mir zum ersten Mal auffiel, dass Lotte vergesslich wurde, ist im Nachhinein schwer zu sagen. Wir hatten immer viel zu lachen. Auch über die Sache mit dem Käse damals. Ja, vielleicht war es die Sache mit dem Käse, die mich hellhörig gemacht hatte.

„Das Witzigste, Ella, war ja nicht, dass ich den Käse in meinem Trolley vergessen und wie immer das Ding im Vorratskeller abgestellt hatte. Sondern, dass es dort nach drei Wochen so bestialisch angefangen hatte zu stinken, dass Armin zuerst selbst und später mit Handwerkern die Verkleidung aufriss und totes Ungeziefer, oder sonst was dort vermutete. Dabei war ich es – Munsterkäse, ein reifer Banon, ein Reblochon und sogar ein Limburger – extra für dich besorgt. Und dann ... alles vergessen auszupacken. Du warst einen Tag später gekommen. Armin mal wieder unterwegs, und ich – ich hatte es einfach vergessen."

Wir lachten, tranken Rotwein, assen Käse und stellten uns das Gesicht von Armin vor. Der supertolle Armin, der doch immer alles erklären konnte und besser wusste. Armin halt!

Und dann passierte es zum ersten Mal. Sie erzählte mir unmittelbar, sofort im Anschluss, genau dieselbe Geschichte wieder.

„Und stell dir vor, es hat im Vorratskeller so bestialisch angefangen zu stinken, dass Armin zuerst selbst und später mit Handwerkern die Verkleidung aufriss, weil er totes Ungeziefer, oder sonst was dort vermutete. Dabei hab ich doch den Munsterkäse, einen reifen Banon, einen Reblochon extra gekauft und sogar einen Limburger - für dich ... "

Wir schauten uns tief in die Augen. Sie fing zuerst an zu lachen. Bat mich, noch eine Flasche Wein aufzuziehen. Eine von den ganz guten, die Armin immer ganz hinten im Weinkeller versteckte.

„Wo wir gerade so schön am Tratschen sind, Ella. Geh, hol uns doch noch eine Flasche von dem ganz guten Côte du Rhône. Eine von denen, die Armin immer ganz nach hinten legt ... ich hab dir doch noch so viel zu erzählen ...und bring uns noch was von dem Käse mit."

Ich konnte ihr Lachen noch bis in den Keller hören.

Es wurde ein bizarrer Abend. Wir lachten und weinten. Vor allem über Männer. Im Allgemeinen und Speziellen. Aber auch über uns und über Armin. Ich hatte immer gedacht, sie hätte nichts gemerkt. Oder wollte es nicht merken. Ich hatte mir fest vorgenommen, ihr zu Lebzeiten nichts zu sagen. Nicht, dass er wie oft versucht hatte, mir an die Wäsche zu gehen und nicht, dass ich ihn in Strassburg gesehen hatte. Und dass die Mädchen nicht alt genug waren für das, was sie ihm anboten.

Lotte riss mich mit ihrer Frage in die Gegenwart zurück:

„Wie lange willst du das noch machen, Ella?"

„Was meinst du?"

„Du weisst schon, was … Geldverdienen, so wie du es machst, halt."

Ich überlegte nur kurz, ob ich ihr die Wahrheit sagen sollte. Aber wann, wenn nicht jetzt. Sollte sie noch vergesslicher werden, so wie Mutter, würde sie es eh vergessen. Aber sie sollte es vorher erfahren.

„Ich habe mit 40 Schluss gemacht. Das hatte ich mir vorgenommen. Nach dem Motto: Man soll gehen, wenn's am Schönsten ist … "

Lotte war baff.

„Aber ... aber, von was lebst du denn? Hast du SO viel verdient? Angelegt?"

„Wie soll ich sagen ... Ich habe Glück gehabt ... Ich habe angefangen zu schreiben, weisst du. In den Jahren in Strassburg habe ich ja viele Leute kennengelernt, viel erlebt, wie du dir vorstellen kannst ..."

„Mensch, Ella, warum hast du mir das nicht schon früher gesagt? Ich würde so gerne was von dir lesen. Was schreibst du? Krimis? Liebesgeschichten? Erzähl ..."

„Also, eigentlich ist es ... ein bisschen anders. Ich habe meinen Freunden von damals erzählt, was mir so durch den Kopf geht und habe auch angefangen zu schreiben. Leider hat es die Verlage dann viel weniger interessiert als meine Freunde. Und man könnte sagen, dass ich eine Bestsellerautorin geworden bin. Nur etwas anders als üblich. Ich bekomme nämlich Geld, und ich meine richtig viel Geld, für jede Geschichte, die ich NICHT veröffentliche. Ist das nicht toll?"

Ich gab ihr einige Kostproben, die sie sofort an ihre Studentenzeit erinnerten. Wir lachten über schlechte und gute Memoiren, bis uns das Zwerchfell brannte und leerten an diesem Wochenende einige von Armins sauteuren Jahrgangsweinen.

* * *

„Wann kommst du an?" fragte Lotte, zum x-ten Mal.

Es war genau drei Wochen her, dass ich mich entschlossen hatte, doch zu ihrem Geburtstag hinzufahren.
Immerhin ihr 77igster. Seit Mutters Tod kam ich immer
erst nach ihrem Geburtstag. Ich wollte sicher sein, Armin nicht zu begegnen, der seine Heile-Welt-Fassade
gerne an Geburtstagen aufpolierte. Die Kinder kamen
schon lange nicht mehr. Aber an solchen Tagen liess er
es sich nicht nehmen, pompöse Geschenke und lukul-
lische Reize aufzutischen.

Seit 3 Wochen rief sie jeden Tag um die gleiche Uhrzeit
an und fragte das selbe.

Und ich antwortete in aller Seelenruhe:

„Freitag vormittag, mit dem 11.30h Zug. Ich nehm ein
Taxi, macht euch keine Mühe..."

Und morgen war Freitag. Nur hatte es keinen Sinn
mehr, ihr das zu sagen. Das Zeitgefühl war schon lange
weg. Hauptsache, sie würde mich noch erkennnen.
Und, dass wir zusammen ein wenig Spass hätten. Das
nachholen, was wir als Kinder verpasst hatten. Das
war unser Ziel für die nächsten Jahre, mehr nicht.

Um so mehr freute es mich, als ich an eben diesem Freitag endlich an der Tür klingelte, nicht in das aufgeblasene Grinsen meines Schwagers blicken zu müssen, sondern in das frisch geschminkte wunderschöne Gesicht meiner Schwester, die sich zur Feier des Tages ihre graumelierten Haare in Locken gelegt hatte. Sie sah umwerfend aus. Hatte eines der Designerkleider von Armin an und dazu eine Menge Schmuck.

„Du siehst aus, als wolltest du zum Opernball ...".

„Wieso? Ist das nicht heute? Mein Geburtstag ..., oder?"

Wir fielen uns um den Hals und lachten. Der Taxifahrer brachte meinen Koffer und lehnte dankend Lottes Einladung zur Party ab.

„Menschenskinder, da hast du dir aber einen feschen Chauffeur geangelt ... wo hast du den denn aufgegabelt?"

Der Taxifahrer drehte sich amüsiert um und winkte uns im Wegfahren noch einmal lachend zu. Dass er es gehört hatte, war kein Problem, aber dass Lotte so anders drauf war, schon eher. Und schon zerrte sie mich wild am Ärmel über die Schwelle wie ein ungeduldiges Kind.

„Komm doch endlich rein, ich muss dir SO viel erzählen ..."

„Wieso Party? Hast du noch andere Leute da?"

„Quatsch, aber der war doch ganz nett, oder ..."

Mit einem schelmischen Augenzwinkern nahm sie mir den Mantel ab und knallte ihn sorglos auf den nächststehenden Stuhl. So kannte ich sie gar nicht. So locker, so beschwingt, so spontan vergnügt. Vielleicht hatte sie mit Armin ja schon was getrunken. Obwohl, der Tag selbst war ja erst am Sonntag. Egal. Recht hatten die beiden, man sollte jeden Tag feiern!

„Ich hab uns ein Feuer im Kamin gemacht. Aber da ich nicht genau wusste, ob du überhaupt kommst, hab ich nichts eingekauft. Der Kühlschrank ist leer. Scheisse, warum hab ich da nicht früher dran gedacht? Ich hätte ja was bestellen können. Aber du hättest auch was sagen können. Einfach so reingeschneit kommen. Ohne besonderen Grund. Wo kommst du überhaupt her? Siehst aber klasse aus. Neue Frisur?"

Ich war baff. Ausdrücke wie *Quatsch*, *Scheisse* und *klasse* gehörten eigentlich nicht zu ihrem Alltagsjargon. Dafür hatte das Lehramt sie leider zu sehr geprägt.

Dass sie offensichtlich vergessen hatte, dass ich zu Besuch komme, wunderte mich nicht so sehr. Ich hatte

schon meine Erfahrungen mit Mutter gemacht und gelernt, einen demenzkranken lieben Menschen dort ab-
zuholen, WO man, und WANN man ihm begegnet,
und nicht dort, wo man ihn haben will. Hauptsache, sie
erkannte mich noch! Vielleicht nahm sie ja auch mittlerweile Medikamente, und dass die einen ganz schön
aus der Bahn werfen können, wusste ich leider auch.
Aber wenn sie einen doch entspannter und lustiger
machen, warum nicht.

Und genauso war es. Sie freute sich so sehr, mich
ENDLICH nach so langer Zeit wieder zu sehen, dass
sie vor Begeisterung in die Hände klatschte. Dabei lag
mein letzter Besuch erst drei Wochen zurück.

„Wo ist eigentlich Armin?"

„Armin? Keine Ahnung ..."

„Vielleicht ist er ja einkaufen?"

„Wieso einkaufen?"

„Egal, Hauptsache ihr habt was zu trinken im Haus ..."

Schon war sie vor Begeisterung Richtung Kellertreppe
unterwegs.

„Hol schon mal die Sektgläser raus, die schönen aus
Kristall. Heute lassen wir die Sau raus ..."

War das wirklich meine Schwester? Aber bevor ich mich weiter wundern konnte, stand sie schon wieder neben mir, mit einer Flasche Champagner in der einen und einer Zigarette in der anderen Hand.

„Seit wann rauchst du?"

„Öh, keine Ahnung. Schon immer, oder?"

„Wie hast du denn den Armin rumgekriegt? Unseren Gesundheitsfanatiker! Wie geht's ihm eigentlich? Immer noch viel unterwegs?"

„Ja, ja, der ist mal wieder bei den Kindern. Hab ich dir das nicht gesagt? Oder, nein, warte. Da war er letzte Woche. Jetzt ist er wieder auf Dienstreise … genau!"

Armin auf Dienstreise? Offiziell hatte er die Kanzlei seit über 10 Jahren an den Nagel gehängt. Dem Schwein würde ich auch zutrauen, dass er die Vergesslichkeit von Lotte zu seinen Gunsten ausnutzen würde. Aber eigentlich egal, Hauptsache, er war weg!

Lotte stand mit zwei bis zum Rand gefüllten Sektgläsern vor mir und freute sich:

„Jetzt fangen wir an zu feiern. Schliesslich hab ich ja Geburtstag. Und dann mach ich uns was zu essen."

„Ach, lass doch gut sein. Das ist viel zu viel Arbeit. Wir

könnten ins Restaurant gehen und danach einkaufen für heute Abend. Und dann wird gekocht. Was hältst du davon?"

„Klingt wunderbar. Ich sag nur schnell Armin Bescheid, dass wir zwei ausgehen. Er braucht ja nicht immer immer dabei sein..."

„Ehm, Lotte, warte mal. Du hast gesagt, Armin sei weg, und ich sehe und höre ihn auch nicht ..."

„A r m i n, bist du da? Ella und ich gehen jetz weg. A r m i n, wo bist du?"

Nachdem ich das Haus vom ersten Stock bis zum Keller abgesucht und noch einen Schlenker durch den Garten gemacht hatte, war ich beruhigt: Armin war definitiv nicht da!

„Weisst du, Ella, manchmal hab ich Angst; Angst, vergesslich zu werden. So wie Mama .... Aber du bleibst bei mir, gell? Ich will nicht ins Heim. Hier ist es so schön. Schade, dass Armin uns nicht sehen kann. Er hätte sich doch auch gefreut, dich wiederzusehen. Er hat dich immer ganz besonders gemocht..."

* * *

Als wir an dem Nachmittag, leicht beschwingt und vollbepackt, zurückkamen, war Armin immer noch nicht aufgetaucht. Und, Gott-sei-Dank, blieb er auch am nächsten Tag weg.

Aus einem azurblauen Himmel schien eine Julisonne wie aus dem Bilderbuch: nicht zu heiß, aber Sommer pur. Wir hatten uns damit amüsiert, den Rasen zu mähen, Beeren zu ernten und uns Kränze aus Blumen zu flechten, wie wir es von Mutter gelernt hatten.

„Jetzt fehlt nur noch was Erfrischendes zum Trinken … Was hältst du von einem Gin-Tonic, den hast du früher doch immer so gerne getrunken."

„Unglaublich, an was du dich alles erinnern kannst, Lotte. Das muss Jahrzehnte her sein … Hast du alles da? Schweppes? Zitrone?"

„Ich mische die Getränke, geh du die Eiswürfel holen. Die Gefriertruhe steht im Keller. Das ist so ne grosse, die Eiswürfel sind in dem Körbchen ganz links … oder rechts. Du wirst schon sehen...".

Durch das kleine Kellerfenster fielen die letzten Sonnenstrahlen. Genau auf eine riesige silbrigweisse Truhe. Na Prosit, dachte ich mir, bis ich in dem Monsterding kleine Eiswürfel finde .... wird es dunkel sein. Ich klappte also mit Schwung den schweren Deckel hoch und knallte ihn sofort wieder zu. Fata Morgana am frühen Abend? Wunschtraum nach Alkoholexzess? Unmöglich!

„E l l a, wo bist du? Wir wollten doch was trinken ... Was machst du denn im Keller?"

Mir dröhnte der Kopf und zitterten die Hände. Ich musste den Deckel wieder aufheben. Das konnte doch nicht wahr sein! Ich ging langsam zum Lichtschalter und knipste das Deckenlicht an. Jetzt gab es kein Vertun mehr, der Raum war hell erleuchtet. Ich atmete noch einmal tief ein, hob den Deckel ein zweites Mal an und liess ihn offen stehen. Und tatsächlich. Da lag er. Armin. Etwas zusammengekrümmt, als würde er schlafen. Überall hatten sich kleine weisse Eisflöckchen gebildet. Besonders auf den Augenbrauen und den Haaren. Er sah aus, als hätte er zu lange im Schnee gelegen. Eigentlich ganz harmlos. Aber mausetot, das war mir schon klar. Und Lotte?

„Hast du sie gefunden, Ella? Ich komm mit den Gläsern, und dann suchen wir zusammen. Diese Kühltruhe ist so riesig, da findet man nie was. Ich wollte ja immer einen Schrank haben, mit Schubladen, aber Armin meinte, die Truhen seien viel praktischer ..."

Und dann stand sie plötzlich neben mir. In jeder Hand ein Glas, und keines liess sie fallen, als sie in das Kühlfach starrte.

„Armin?"

Lotte schüttelte ungläubig den Kopf. Setzte die Gläser ab und drückte, ohne zu zögern, den Zeigefinger ihrer rechten Hand auf Armins linke Backe.

„Der ist ganz steif ... der muss schon länger da liegen. Ich glaub, der Armin ist tot."

Wir brauchten keine Eiswürfel mehr, sondern kippten unsere Drinks auf ex.

* * *

Dann machte ich Feuer im Kamin. Ich wusste, wie sehr Lotte das liebte. Egal zu welcher Jahreszeit. Und die waren für sie jetzt eh alle gleich. Wir fingen langsam und bedächtig an, die letzten Wochen zu rekonstruieren. Es kam mir vor, wie ein Riesenpuzzle zusammenzubauen. Sie konnte sich an wenig erinnern. Es gab wohl eine Szene. Scheinbar nicht die erste. Die Kinder hatten angerufen, und es war raus gekommen, dass er gar nicht mehr zum Kinderhüten hinfuhr. Schon seit einem Jahr nicht mehr. Er machte ihr Vorhaltungen, immer vergesslicher zu werden. Er halte das nicht aus.

„Er hat gesagt, ich müsse ins Heim ... stell dir mal vor. Hat mir zum Frühstück Prospekte hingelegt. Ja, und dann kam Irmi, unsere Putzfrau. Und wie er mit der rumgemacht hat. Konnte mal wieder nicht die Pfoten an sich halten. Und dann fragte die mich kichernd, ob ich in Ferien fahren würde. Das wäre ja ein schönes Hotel …. Pustekuchen – Hotel!"

Ich wollte ihren Redefluss auf keinen Fall unterbrechen, aber es kam nichts mehr. Trotzdem fehlte noch ein Puzzlestück, also sagte ich behutsam:

„Ja, Lotte, schlimm. Aber umbringen …".

„Wieso umbringen? Wir haben uns gestritten. Im Keller. Und er hat was gesucht in dieser scheiss Monstertruhe, wo man nie was findet. Und dann hab ich …

„Was hast du, Lotte …?"

„Ich hab ihn reingeschubst. Ich wollte ihn doch nur erschrecken …"

„Lotte, der Kerl ist doch nicht einfach da rein gefallen. Armin wiegt mehr als 90kg. Wie hast du das geschafft?"

Sie zog mich in den Keller. Laut schluchzend fing sie an, in den Schubladen der Werkbank zu kramen. Bis sie einen blutverklebten Hammer hochhielt. Dann hob sie vorsichtig den Deckel der Truhe einen Spalt an und schüttelte fassungslos ihren Lockenkopf.

„Ich glaube, ich hab ihm damit an die Stirn geschlagen. Aber schau doch mal, davon sieht man gar nichts mehr.

Lauter weisse Flocken. Also kann es gar nicht soo schlimm gewesen sein... Ich war so erschrocken. Nein, das stimmt nicht. Ich wollte IHN erschrecken, und deswegen habe ich ja auch ganz schnell den Deckel zugemacht. Ich wollte ihn doch wieder rauslassen .... das musst du mir glauben, Ella. Ich ... ich habe ihn einfach vergessen. Er war doch so oft weg. Ich dachte dann wohl, er sei mal wieder unterwegs. Ich habs wirklich vergessen. Meinen eigenen Mann vergessen. Das ist doch schrecklich, Ella. Was machen wir denn jetzt?"

Wir gingen ins Wohnzimmer. Ich legte Holz nach, und Lotte weinte sich leise in den Schlaf. Dann erst kroch auch ich von der anderen Seite des Sofas unter die grosse karierte Lammwolldecke, schenkte mir einen doppelten Whisky ein und überlegte, wie es nun weiter gehen sollte.

* * *

Als wir am nächsten Morgen wach wurden, war es schon spät am Vormittag. Lotte hatte ALLES vergessen und war glücklich, mich zu sehen.

„Dass du an meinen Geburtstag gedacht hast... Du bist wunderbar. Und heute wird gefeiert ...".

„Ja, Liebes, heute wird gefeiert. Was hältst du davon, wenn du zuerst ins Bad gehst, und bis du fertig bist, bin ich zurück vom Bäcker, und dann machen wir einen schönen Geburtstagsbrunch. Mit allem drum und dran ..."

Sie war überglücklich. Im Rausgehen hörte ich sie noch ein Liedchen trällern, und das Duschwasser rauschen.

Als ich eine halbe Stunde später zurückkam, stand ein weisser Lieferwagen vor der Tür. Und als ich näher war, konnte ich die Aufschrift lesen: *Spezialitäten von Heimfrost.* Zuerst war ich gerührt. Sie hatte also doch an meinen Besuch gedacht - und dann erst stürzte ich ins Haus.

„Lotte? Lotte, wo bist du?"

„Hier in der Küche. Ich hab schon den Tisch gedeckt. Es fehlen nur noch die Brötchen und die Croissants; hast du alles bekommen ...?"

„Wo ist der Lieferant, Lotte? Da ist doch jemand mit Tiefkühlsachen ..."

Lotte strahlte mich an:

„Ach, das ist der Timmy, der kennt sich aus. Der bringt mir immer die Sachen runter ..."

Aber ich liess sie nicht ausreden, stolperte Richtung Kellerstiegen, nahm zwei Stufen auf einmal und stand in Sekundenschnelle in der Türöffnung:

Zu spät.

Timmy hatte den Deckel der Kühltruhe in der Hand und schaute entsetzt von mir zurück in die Truhe und wieder zu mir. Sein Gesicht ein einziges Fragezeichen.

Und dann schlug ich zu.

Der Hammer lag noch vom Vortag da. Es war alles Reflex.

Danach fuhr ich den weissen Lieferwagen in ein weitentferntes Wohnviertel und löschte die Navi-Eingaben zu Lottes Haus. Auf dem Rückweg bestellte ich eine zweite Gefriertruhe. Obwohl Lotte lieber einen Gefrierschrank gehabt hätte. Aber sie freute sich trotzdem über mein Geburtstagsgeschenk.

Ich gebe zu, dass ich schon am Abend vorher, nach meinem dritten Whisky, beschlossen hatte, bei Lotte zu bleiben. Hamburg hat mir immer schon gefallen. Und seitdem können wir das nachholen, was uns als Kinder verwehrt war:

Das Leben zu geniessen.

Warum eigentlich erst jetzt?

Die vergessene Leiche Teil II
oder
Der unmögliche Mord

Heute auf den Tag genau sind es 10 Jahre, dass ich bei Lotte eingezogen bin.

Ich will nicht sagen, dass es die schönsten meines Lebens waren, dafür waren sie nicht leicht genug. Aber es waren sicherlich die wichtigsten und manchmal sogar die lustigsten meiner siebzig Jahre auf dieser Erde.

Die ersten Wochen, nachdem ich die Leiche von Armin entdeckt hatte, ging es bei uns zu wie im Taubenschlag. Wenn ich mich recht erinnere, kam zuerst Frau Schmidt von gegenüber. Wo denn der Armin wäre. Den würde man ja gar nicht mehr sehen. Ob denn was passiert wäre ...

„Aber nein, Frau Schmidt. Er ist doch noch immer bei den Kindern ..."

„Jaja, die Kinder. Aber die sieht man ja auch nicht mehr ..."

„Zu viel Arbeit, Frau Schmidt. Sie wissen ja, wie es

heutzutage geht. Keiner hat mehr Zeit. Wollen Sie vielleicht einen Kaffe mit uns trinken?"

Das Versteckspiel an sich machte mir von Anfang an einen riesen Spass. Ich glaube, im Nachhinein sagen zu können, dass ich mir der wahren Gefahr, in der Lotte und ich schwebten, gar nicht bewusst werden wollte. Es war Abenteuer pur. Ich musste halt nur immer gut auf Lotte aufpassen. So lieb und leutselig wie sie war, wäre sie im Stande gewesen, Frau Schmidt die Kühltruhen zu zeigen. Und - was man alles damit machen kann. Sogar Männer einfrieren. Nein, Spass beiseite. Dumm war Lotte nicht, aber halt immer vergesslicher.

Sie war es aber, die als erste auf die Idee kam, dass ich mich als Armin verkleiden und, sobald es dunkel wurde, ab und zu vor den Fenstern hin und her gehen sollte. So könnten wir Armin mal kommen und wieder abreisen lassen. Und das taten wir dann auch. Frau Schmidt und sogar Herr Gack, der ihn mittlerweile auch vermisst hatte, waren beruhigt. Aber nur kurz.

„Wie, schon wieder weg? Ich hab ihn doch gestern abend noch gesehen. Ich hatte ja noch nicht mal Zeit, ihn richtig zu begrüssen..."

„Das tat ihm selbst auch leid. Schauen Sie mal, Herr Gack, er hat Ihnen doch extra gestern noch sein Glas Kaiserhonig vorbeibringen wollen, aber da hatten Sie wohl die Klingel nicht gehört. Mal wieder den Krimi auf volle Lautstärke gestellt, oder?"

Herr Gack war ausser sich. Dass er wegen dem Tatort ausgerechnet den Armin verpasst hatte, das konnte er sich nicht verzeihen. Aber er freute sich über den Honig, den Lotte jetzt eh nicht mehr brauchte ...

Ich muss zu meiner Schande gestehen, dass es uns eine diebische Freude machte, die beiden alten Leutchen hinters Licht zu führen. Wir amüsierten uns wie Kindergeburtstag und Fasching zusammen. Die anderen Nachbarn, alles Jüngere, die voll berufstätig waren und selbst Kinder hatten, machten nie eine Bemerkung. Vielleicht wussten die noch nicht mal, wer eigentlich alles in dem Haus wohnte.

So ging es vom Sommer über Herbst in den Winter. Und immer verkleidete ich mich jahreszeitengemäss. Mit einer dunkelblonden Perücke aus dem Internet, der wir den Haarschnitt von Armin verpassten. Mal in Pyjamas, mal im T-Shirt oder Rollkragenpullover. Ich stopfte mir mit Begeisterung ein Kissen unter den Busen und bekam die stolze Männerbrust so gut hin, dass manchmal sogar Lotte meinte Armin, sei wieder da. So nach dem Motto:

„Da bist du ja endlich. Was willst du denn heute zum Abendbrot? Sollen wir uns was bestellen? Pizza oder chinesisch ... ich könnte auch Spaghetti machen."

Manchmal machte es mir Spass, auf das Spiel mit Lotte einzugehen. Ich verstellte die Stimme und brummte ein:

„Gute Idee. Warum nicht chinesisch?"

„Und was willst du trinken, Armin?"

Nicht immer konnte sie mit mir darüber lachen. Manchmal erst viel später, wenn ich ihr erklärt hatte, warum Armin nicht mehr kam. Und wenn sie dann nur ungläubig den Kopf schüttelte, gingen wir langsam die Kellertreppe runter und in den Vorratsraum. So wie andere Menschen auf den Friedhof. Ich öffnete langsam die Truhe, Lotte drückte wie immer ihren Zeigefinger auf Armins Backe und sagte seelenruhig:

„Ja, klar. Der Armin, der ist tot".

Und ich antwortete:

„Dann lass uns wieder raufgehen ...".

An einem der darauffolgenden Tage, als ich mich mal wieder am Verkleiden war, fand ich doch tatsächlich in der Innentasche einer seiner schönen altenglischen Tweedjacken einen Brief. Ich konnte zuerst unser Glück nicht fassen. Aber es war Armins krakelige Handschrift. Eindeutig. Und da stand:

Liebe Lotte,

ich will es dir schon so lange sagen, aber es gab keinen guten Moment. Daher schreibe ich es auf. Dann kannst du es auch nachlesen, weil du es sonst bestimmt vergessen wirst. Wie du so viel aus unserem Leben schon vergessen hast. Ich habe dich auf meine Art geliebt. Ehrlich. Und du hast es mir leicht gemacht. Dein Vertrauen war grenzenlos, so wie meine Lust auf Frauen. Ich konnte und wollte nicht aus meiner Haut. Und du schienst dich in deiner so wohl zu fühlen. Du hast nie gemeckert, wenn ich ein paar Tage an meine Dienstreisen dranhängte. Nie spitze Bemerkungen gemacht. Dafür danke ich dir im Nachhinein.

Ich kann, wie so viele Männer, nicht mit Krankheit umgehen. Und schon gar nicht mit Demenz. Ich habe miterlebt, was die Krankheit mit deiner Mutter gemacht hat. Das würde ich nicht aushalten. Ich gebe dich frei und fange mit Irmi ein neues Leben an. Wir ziehen nach Mallorca.

Mach das Beste aus dem Rest deines Lebens,
du hast es verdient.

Dein nicht immer ganz getreuer Armin

Soweit zum Verschwinden des nicht ganz so getreuen Armins. Ich hätte am liebsten den Brief vervielfältigt und an jeden Laternenpfahl in der Nachbarschaft geklebt. Aber so benügte ich mich damit, ihn Lotte kurz zu zeigen, vorzulesen und dann überall rumzuerzählen, wie meine arme Schwester von ihrem Mann schnöde verlassen wurde. Ich brachte den Brief auch zur Polizei. Die hatten Armin allerdings nie gesucht, weil wir ihn ja auch nie als vermisst gemeldet hatten. Wer vermisst schon jemand wie Armin. Noch nicht mal Lotte. Ihr schien der Brief nichts auszumachen. Sie schüttelte nur den Kopf und wollte in den Keller. Nach der mittlerweile routinemässigen Untersuchung mit dem rechten Finger in die linke Backe ging sie scheinbar zufrieden mit sich und Armin wieder nach oben.

* * *

Etwas komplizierter und weniger lustig als das Verwirrspiel mit den Nachbarn waren dann aber die Besuche von Polizeiobermeister Karl Hemmerlein, der routinemässig alle Lieferadressen der Firma *Heimfrost* von dem bewussten Tag, an dem ihr Lieferant verschwunden war, überprüfen musste. Das Problem war weniger, dass die Anschrift von Lotte digitalisiert war, als die Tatsache, dass Karl Hemmerlein ein äusserst sympathischer Zeitgenosse war und noch dazu gut aussah. Mir hatte der attraktive Mittfünfziger auch auf Anhieb gefallen. So ein charmantes Lachen, eine positive Ausstrahlung. Er hatte was Beruhigendes an sich. Was vor allem mich verwunderte, da ich im Gegensatz zu Lotte sehr wohl wusste, wieviele Leichen wir im Keller hatten. Und dass Karl mindestens eine von ihnen am Suchen war. Trotzdem, oder gerade deswegen, gaben wir ihm den Spitznamen: *Maigret.* Ich behauptete, er ähnele *Jean Gabin* und Lotte meinte, eher *Bruno Cremer.* Egal, beide Schauspieler waren geniale *Maigrets.*

Und wir verliebten uns beide in ihn.

„Ob Karl heute wieder vorbei kommt, Ella, was meinst du? Ich bin aufgeregt wie ein junges Mädchen. Hast du die Rosen gesehen, die heute früh geliefert wurden…? Das macht er immer, wenn er vorbeikommt. Damit die Nachbarn nichts merken, lässt er Blumen liefern und bringt sie nicht selbst mit. Er ist doch wirklich ein Fuchs, unser *Maigret*."

Ich liess Lotte in dem Glauben, dass Karl auch in sie verliebt war. Und nahm das Kärtchen in den Sträussen immer schnell raus, bevor sie meinen Namen lesen konnte. Sie war doch so glücklich, einen feschen Verehrer zu haben. Denn dafür sei man nie zu alt, sagte sie lachend und überprüfte immer kritisch ihr Makeup, bevor sie ihm die Tür öffnete. Und Karl schien es Freude zu bereiten, zwei Verehrerinnen zu haben.

Ich gebe zu, dass ich ihn am Anfang nur davon ablenken wollte, in den Keller zu gehen. Ich hatte zwar mittlerweile die Truhen so gepackt, dass in jeder EINE gekühlte Leiche zuunterst zu liegen kam und alle unsere Lebensmittel darüber. Wie gut, dass wir diese monstergrossen Modelle hatten. Trotzdem war es ein Risiko. Aber Lotte und ich stehen unter einem Glücksstern. Und an den glauben wir ganz fest. Wie sonst wäre es zu erklären, dass es ausgerechnet bei uns nie zu einer Hausdurchsuchung kam? Wir waren doch ganz bestimmt im engsten Kreis der Verdächtigen. Ob überhaupt, und wenn ja, welche Rolle unser *Maigret* bei all diesen Entwicklungen gespielt hat, möchte ich gar nicht wissen. Er könnte locker seine Pension aufs Spiel setzen, mit so einer Gefühlsduselei.

Da ich Lotte nicht alleine lassen konnte, gingen Karl und ich nicht im üblichen Sinne "aus", sondern machten uns eine schöne Zeit zu Hause. Wir kochten, lachten und tranken zusammen; hörten Musik und schauten uns alte Filme an; und wenn Lotte müde wurde und sich zurückzog, gingen wir leise in mein Schlafzimmer. Ich bin mir sicher, dass Lotte es wusste. Vielleicht … sofort wieder vergass, aber auf jeden Fall kein Drama daraus machte.

* * *

Und dann, an ihrem 78igsten Geburtstag, stand plötzlich Axel vor der Tür. Mit einem riesigen Sommerstrauss und demselben jungenhaften Lachen wie damals, als er mich mit seinem Taxi bis vor Lottes Haus gefahren hatte. Er strich sich eine seiner mittlerweile silbergrauen Haarsträhnen aus den Augen und meinte verlegen:

„Ich weiss nicht, ob Sie sich noch erinnern? Ich hatte mir das Datum gemerkt. Sie hatten mir von dem Geburtstag erzählt. Aber … damals war kein guter Moment in meinem Leben. Gilt die Einladung immer noch?"

Lotte begrüsste ihn wie einen alten, nach langer Zeit wiedergefundenen Freund. Sie schaute ihn mit strahlenden Augen an, und als er ihr den Blumenstrauss in die Hand drückte, wurde sie rot bis in die Haarwurzeln. Aber dann lachte sie laut und meinte:

„Ich finde ja, man verliert viel zu viel Zeit damit, immer alles verstehen zu wollen. Kann man nicht ganz einfach das Glück reinlassen, wenn es an die Tür klopft?"

Ob Lotte den Taxifahrer tatsächlich erkannt hatte, eine Erleuchtung oder einfach nur einen guten Moment hatte, bleibt für immer ein Rätsel. Axel, der damals wohl auf die sechzig zuging, war auf jeden Fall das Beste, was Lotte passieren konnte. Die beiden passten wunderbar zusammen. Und nicht nur das. Kurt und Axel, unsere Jungs, wie wir sie nannten, kamen so gut miteinander aus, dass wir schon dachten, die Spitznamen ändern zu müssen: in *Sherlock* und *Dr. Watson*.

* * *

Wenn ich auf diese Jahre zurückblicke, denke ich vor allem an das Glück, das wir beide hatten. Nie einen Stromausfall. Nie einen Kurzschluss. Nie ist einer der Jungs auf die Idee gekommen, die Kühltruhen zu durchstöbern. Einmal fragten sie, warum wir denn zwei so grosse Dinger bräuchten. Und sie waren so lieb und gutgläubig, dass sie mein Märchen vom koscheren Aufbewahren verschiedener Lebensmittel glaubten. Und da wir ihnen von Anfang an gesagt hatten, dass die Vorratshaltung, Beschaffung und Verarbeitung von Nahrung nur in Frauenhände gehöre, hielten sie sich brav daran. Nur Lotte vergass es manchmal. Aber ich war ja immer da. Und wenn ich aus dem Haus ging, nahm ich Lotte mit. Wie einen treuen Hund. Zum Frisör und zum Bäcker. Zum Zahnarzt und zur Massage. Wir amüsierten uns köstlich. Auch, weil immer alles neu und aufregend war für Lotte. Sie ging mit ihrer Krankheit ganz anders um als Mutter damals, die nach und nach immer hysterischer und aggressiver geworden war und zum Ende nur noch rumgeschrien hatte. Lotte war ein Sonnenschein. Auch wenn sie immer mehr vergass.

„Warum wohnt Kurt nicht ganz bei uns, Ella?"

„Er ist doch verheiratet, Liebes. Die haben doch ganz spät nochmal Kinder gekriegt. Und die lässt er nicht gerne alleine. Manchmal ja, aber halt nicht für immer."

„Aber wäre es dir nicht lieber, wenn er ganz bei uns wohnen würde?"

„Ich weiss es nicht, Lotte ... Ehrlich nicht. Ich habe mich daran gewöhnt, und er auch. Wir lieben uns, aber wir lassen uns Platz zum Atmen. Mir wäre es sonst zu eng ..."

„Ich glaub dir nicht ..."

Und dann nahm sie mich immer in den Arm und wollte mich trösten. Weil Axel und sie doch so gut und fest zusammen waren. Tag und Nacht.

Drei Jahre ging es gut. Drei wunderbare lange Jahre. Länger, als ich je zu hoffen gewagt hätte. Wir fuhren sogar gemeinsam in Urlaub. Das musste für Kurt immer schwer gewesen sein, und ich, ich war nach dem Urlaub wieder froh, dass wir es wieder lockerer angehen konnten. Jeden Tag mit einem Mann, auch wenn ich ihn noch so sehr liebte, war einfach nichts für mich. Und mein grosses Glück war, dass Kurt es verstand; so passte ich in sein Leben und er in meines.

* * *

Dann wurden die Momente der Vergesslichkeit länger als die der Erinnerung, und Lotte fing an, Axel zu vergessen ...

„Kennen wir uns?"

„Lotte, Liebes, ich bin es doch – dein Axel; dein Dr. Watson ...".

Aber Lotte lächelte ihn nur an. Und manchmal weinte

sie auch. Schüttelte den Kopf und sagte:

„Das kann nicht sein … ich kenne Sie doch gar nicht."
Und einige Wochen später schickte sie ihn zum ersten
Mal weg. Ich erklärte ihm, dass Lotte das nicht böse
meinte. Und er es vor allem nicht tun müsse. Weil,
Lotte würde es eh wieder vergessen. So wie sie auch
anfing, mich zu vergessen. Nur, mich berührte es we-
niger. Ich kannte es doch von unserer Mutter. Und
Lotte blieb lieb.

Leider konnte Axel es nicht ertragen. Dabei war er
doch so tapfer; blieb noch drei Monate bei uns wohnen,
aber zog dann aus. Er kommt immer mal wieder vorbei.
Seit nun vier Jahren. Er hat Lotte und mich nicht vergessen. Aber das Leben macht weniger Spass, seit wir
wieder zu zweit sind. Kurt ist jetzt wieder öfter bei seiner Frau, seit auch sie krank geworden ist. Mir macht
es nicht so viel aus. Ich freue mich, wenn er da ist und
hoffe, dass er wiederkommt. Und als dann die Sache
mit dem gefundenen Testament von Lotte passierte,
war es eh besser, dass keiner der Jungs dabei war.

* * *

Der grosse braune Umschlag steckte zusammengerollt
in einer Bodenvase, die ich in all den Jahren nie benutzt
hatte. Und in die ich wohl beim Abstauben nie tief genug reingegriffen habe.

Es war kein Testament, vielmehr ein Geständnis. Lotte wollte wohl irgendwann, sie hatte vergessen, ein Datum einzutragen, ihr Gewissen erleichtern. Wieso sie den Umschlag jedoch ausgerechnet dort versteckt hatte, konnte sie mir nicht erklären. Wie gut, dass sie noch lebte … und mir aufmerksam zuhören konnte, als ich zu lesen begann:

„Liebe Ella,
jetzt habe ich es geschafft. Wenn du diese Zeilen liest, bin ich im Himmel. Trotz Allem …. denn ich habe es aus Liebe getan. Alles. Aus Liebe zu dir und zu Mama. Bevor ich auch das noch vergesse, sollst du wissen, dass ich Mama damals gesagt habe, dass sie mit in Wasser gelöstem Nikotin Vater langsam aber sicher ruhig stellen könnte. Es brauchte schon mehrere Päckchen; ich hatte ihr die Mengen genau berechnet. Und es war keine Gefahr für Mutter, falls sie aufgeflogen wäre. Das Nikotin wird ganz schnell abgebaut im Blut. Ich wollte nur haben, dass er die Finger von dir lässt. Aber Mutter reichte es nicht, und sie erhöhte die Dosis, bis er daran starb. Mir ist es wichtig, dass du weisst, dass ich euch nicht im Stich gelassen habe. Nie! Und dich schon gar nicht! Ich war immer für euch da, auch aus der Ferne.
Pass auf dich auf, Ella, und vergib uns, denn wir wussten genau, was wir taten! In Liebe deine Lotte

Sie lächelte mich an, liess die Tränen über ihre Wange kullern und brachte zum ersten Mal seit ganz langer Zeit einen ganzen zusammenhängenden Satz heraus:

„Genauso war das."

Mir zittern heute noch die Hände, wenn ich den Brief lese. Ich habe ihn seitdem 1000 mal gelesen. Ich kenne ihn auswendig, aber ich liebe es, ihre Handschrift zu sehen und ihr über ihr altes Gesicht zu streicheln und in ihre meist nur noch leeren Augen zu schauen. Wir hören oft Musik zusammen. Dann lächelt sie mich an, und es kommen Funken der Erinnerung. Und dann bekommen ihre Augen auf wundersame Weise ihr Strahlen zurück.

Wie gerne würde ich mit ihr darüber reden. Aber das geht schon lange nicht mehr. Sie erkennt mich nicht und versteht keine Sätze mehr. Manchmal ein Wort. Und die Berührung meiner Hand. Ich würde ihr so gerne sagen, wie oft ich mir ausgemalt hatte, ihn zu töten. Aber es war für mich ein unmöglicher Mord. Ich konnte es nicht. Er war doch trotz allem mein Vater. Lotte und Mutter? Die haben es gemacht? Vater umgebracht? Unmöglich!

* * *

Seit einem Jahr werde auch ich immer vergesslicher. Lotte erkennt mich gar nicht mehr. Kurt kommt immer noch ab und zu. Aber mir ist das nicht mehr so lieb. Alles ist so anstrengend geworden. Ich muss mich zu allem zwingen: mich zu waschen, ein wenig herzurichten, anzuziehen, einzukaufen, weil ich doch Angst vor dem Lieferservice habe .... Und wenn andere Leute kommen, sogar Axel oder Kurt, fällt es mir immer schwerer, lange Gespräche zu führen, zusammenhängende Sätze zu formulieren. Ich habe alles aufgeschrieben. ALLES! Auch das mit den Kühltruhen im Keller.

Als es Lotte noch gut ging, habe ich ihr versprechen müssen, sie nie in ein Heim zu stecken. Und das habe ich mir selbst auch versprochen; und das Versprechen habe ich gehalten.

Heute ist unser letzter Tag. Und heute weiss ich endlich auch, dass der einzige unmögliche Mord gar nicht der Mord an Vater war, den ich nie ausführen konnte. Der einzig UNMÖGLICHE Mord wird der an mir selbst sein. Denn ich werde mich nicht ermorden: Ich werde mich töten, solange ich dazu noch fähig bin.

Lotte und ich haben uns alles genau überlegt. Schon seit langem. Und bevor ich es doch noch vergesse, tun wir es. Heute! Zuerst trinken wir, wie jeden Abend, unseren Lieblingswhisky – aber heute, bis die Flasche leer ist.

Und dann werden wir, uns gegenseitig stützend, fest umschlungen wie ganz gute Freundinnen, langsam und bedächtig rausgehen. Wir haben schon wieder Glück:

Es ist der 22.2.22, eine sternenklare Nacht mit minus 7 °C; eine wunderschöne dicke weiche Schneedecke liegt über den zugefrorenen Blumenbeeten und dem

Rasen. Ich habe schon alles vorbereitet. Die Liegestühle warten auf uns.

Seid nicht traurig. Wir werden einfach einschlafen und erst im Himmel wieder wach werden.

Denn wir sind Glückskinder.

In Liebe eure,
Lotte und Ella

Bares für Wahres
oder
Das Truhenkärtchen

„Und wie darf ich SIE ansprechen?" fragte Horst Lichter, galant und einnehmend wie immer, seinen nächsten Gast in Deutschlands bekanntester und beliebtester Antikshow.

„Ich bin der Herr Voegele aus dem schönen Saarland. Aber du kannst mich gerne Kali nennen."

„Ja wunderbar, Kali, dann bin ich natürlich der Horst. Und was hast du uns heute Schönes mitgebracht?"

So fing die Sendung immer an, und danach hatte der jeweilige Experte das Wort, je nachdem, ob es sich um ein Juwel, ein Bild, ein Spielzeug oder ein Möbelstück handelte. Nur, dass heute ausnahmsweise zu Ehren der Jubiläumsausstrahlung *live* übertragen wurde. Das Ritual war identisch. Jeder Verkäufer brachte etwas Rares oder Antikes für eine Expertise, inclusive Wertschätzung, und wenn die mit den Vorstellungen des Anbieters übereinstimmte, oder wenigstens in der Nähe lag, überreichte der aufgeräumte und kompetente Moderator, Herr Horst Lichter, zeremoniös und höchstpersönlich das berühmte Händlerkärtchen. Unter *Bares für Rares* Fans ist dieses Kärtchen, das den Zugang zu den Händlern überhaupt erst ermöglicht, so viel wert wie ein *Ticket to Heaven*. Und wenn man oder frau dann die Schwelle zwischen Experten- und Händlerraum mutig und voller Hoffnung überschritten hat, fängt im best case ein Händlergefecht an, das zum ultimativen Höhepunkt führen kann, nämlich: *Bares für Rares*.

Das Spektakuläre an der Sendung ist unter anderem, dass dem Verkäufer durch eine objektive Expertise ein möglicher Marktwert genannt wird. Und dann liegt es im Ermessen der jeweiligen Person, OB sie, und für WIEVIEL, das Angebot der Händler annimmt, nämlich *Rares für Bares* einzutauschen. Und da niemand dem umwerfenden Charme des allseits beliebten Moderators widerstehen kann, ist es nicht erstaunlich, dass diese Sendung des deutschen TV um Lichtjahre besser ist als alle Pendants im restlichen Europa.

Dessen war sich auch Karl-Heinz Voegele aus Saarbrücken bewusst. Denn er kannte sich aus. Er war schliesslich international tätig und kam rum in der Welt.

Was Herr Voegele heute anzubieten hatte, war selbst in den Annalen der Sendung eine Seltenheit. Aber das wusste Karl-Heinz zu diesem Zeitpunkt noch nicht. Er wusste nur, dass er 1.000 Euros mindestens dafür haben wollte, und dass seine Geschichte, wie er zu dem

Objekt der allgemeinen Begierde gekommen war, sicherlich auch etwas ganz Besonderes darstellte.

Karl-Heinz badete genüsslich im Scheinwerferlicht und breitete grossspurigst seine phantastische Erzählung nicht nur vor den Experten und Händlern aus, sondern auch vor einem Millionen-Publikum am Bildschirm:

„Also, das war so: Ich bin vor ungefähr sechs Monaten mal wieder im Internet rumgesurft. Und da stolpere ich doch per Zufall in diese Versteigerung einer kompletten Haushaltsauflösung. Aber nicht nur das. Ich kriege doch glatt den Zuschlag; für sage und schreibe 730 Euros. Da war natürlich viel Schrott dabei. Riesige alte Truhen, kaputte Schränke, schiefe Bilderrahmen, blinde Spiegel und diese Kommode mit der Schublade, die klemmte. Und da lag es drin. In der alleruntersten. Ein dickes Goldarmband, gespickt mit hochkarätigen Brillies und Saphiren. Ich hätte doch nie im Leben gedacht, dass das Ding über 30.000 Euros wert wäre. Und schon gar nicht, dass ich hier bei *Bares für Rares* vielleicht sogar noch mehr kriege. Das ist der helle Wahnsinn. Nur gut, dass ich noch nicht alles von dem Krempel auf die Deponie gebracht habe. Vielleicht ist ja eins der Bilder von van Gogh und nur der Rahmen schief ... hahaha. Dann komm ich bald wieder, Herr Lichter, äh, Horst ...“

„Weisst du denn schon, was du mit dem Geld machen

willst, Kali?" fragte Herr Lichter wie immer seinen Gast, und Karl-Heinz antwortete übermütig.

„Ach, da wird mir schon was einfallen. Als gutaussehender Single, der gerne reist, bleibt man ja vielleicht nicht lange alleine. Mal sehen ..."

* * *

Kaum war er an diesem Abend wieder zuhause, klingelte auch schon das Telefon.

„Herr Voegele? Karl-Heinz Voegele?"

„Jawohl, der bin ich. Und mit wem habe ich die Ehre?"

Karl-Heinz war mittlerweile im freiem Fall; und das nicht nur, weil er auf der Rückfahrt von Köln im Intercity schon einige Sektchen der Marke Rotkäppchen gekippt hatte. Es gab doch tatsächlich Leute, die ihn erkannt hatten, und andere, die ihn fragten, ob er das wirklich wäre, den sie gerade im Fernsehen gesehen hätten. Und die Frau am anderen Ende der Leitung hatte diese total sexy Stimme. Vielleicht wollte sie ja mit ihm in Urlaub fahren?

„Ich ... bin die Miri, und hab dich im Fernsehen gesehen. Das war doch der helle Wahnsinn. Und wie du das gemacht hast vor laufenden Kameras. Wie ein echter Profi. Oh, entschuldige, jetzt hab ich dich einfach geduzt ..."

„Kein Problem. Ich bin der ..."

„Ja, ich weiss schon, du bist der K a l i, gell ..."

„Jo, so nennen mich meine Freunde ..."

„Du K a l i, ich hab' da 'ne Idee. Ich wohn' gar nich' weit weg; nur auf der anderen Seite der Grenze. Was hältst du denn davon, wenn ich dich mal besuchen käme – so ganz spontan ... Zum Beispiel - jetzt?"

Karl-Heinz Voegele, im besten Mannesalter und voll des leckeren Rotkäppchens, lief das Wasser literweise im Munde zusammen, und er dachte sich, einen schöneren Abschluss dieses rundum phantastischen Tages könne es doch gar nicht geben, als heute abend seinem Namen alle Ehre zu machen.

„Klaro, ich bin ganz einfach zu finden ..."

Aber da war die Leitung schon tot. Und eine halbe Stunde später stand Miri vor der Tür und sah genauso sexy aus wie ihre Stimme klang. Aschblondes mittellanges Haar, darunter azurblaue Augen, und danach kamen üppigste Rundungen mit tiefsten Einblicken, die auf knapp 160 cm grosszügigst verteilt waren.

„Facebook und Navi, meine zweitbesten Freunde. Ich

hab dich prima gefunden..."

Karl-Heinz war sprachlos. Damit hatte er nicht gerechnet. Die Anspannung und Aufregungen des Tages, verbunden mit dem Alkohol und dem Adrenalinschub durch die unerwartete Stimulanz am Telefon, hatten ihn zuerst aufgeputscht, aber dann ihren Tribut gefordert: er war einfach eingeschlafen. Mit dem Telefon in der Hand.

„Ja, prima. Äh. Dann kommen Sie doch rein. Kann ich Ihnen was anbieten?"

Miri blinzelte ihn verwegen an und liess hinter den knallroten Lippen perlweisse Designerzähne strahlen.

„Hey, Kali. Wie bist du denn drauf? Wir waren doch schon beim „Du"!"

Karl-Heinz fragte sich zwar, ob er das alles nur träume, aber ob Traum oder nicht, fand er es eine gute Idee, die Frau zuerst mal ins Wohnzimmer zu geleiten, statt direkt ins Bett. Und so platzierte er Miri in ihrer vollen Schönheit dekorativ auf das rote Ledersofa. Seine Hände zitterten leicht, als er versuchte, den von ihr gewünschten Rotwein zu entkorken. Er wollte doch nur den Kopf wieder klar kriegen, Zeit gewinnen, sich in den paar Sekunden die er für das Flaschenöffnen brauchte, überlegen, was das Beste wäre zu sagen, und erst recht - zu tun. Aber Miri war schneller als er und fing sofort an zu reden. Nur klang sie plötzlich ganz anders ...

* * *

Als Karl-Heinz wieder wach wurde, war alles dunkel um ihn herum. Er fühlte sich hundeelend. Eine dumpfe Erinnerung an zuviel Alkohol klebte schmierig in seinem Mund, und als er seine Zungenspitze vorsichtig über die aufgeplatzten Lippen zog, drehte sich ihm der Magen vom salzig-süssen Geschmack frischen Blutes. Er konnte sich kaum bewegen; holte dreimal tief Luft, und dann fiel ihm ein Stück dieses wahnsinnigen Puzzles wieder ein. Da er weder Arme noch Beine ausstrecken und auch nach oben und unten keinen freien Raum ertasten konnte, musste er in einer dieser Truhen liegen. Aber wie zum Teufel war er da hinein gekommen? Er klopfte gegen Holz. Zuerst vorsichtig, dann immer lauter, bis er glaubte, sein Kopf würde explodieren. Und dann schoss es ihm wie ein Blitz in die Glieder:

Miri!

Aber was war passiert? Er zwang sich, ruhig zu bleiben. Die Truhe ging nicht auf. Soweit er das ertasten konnte, waren keine Löcher drin. Also, war es eine DER Truhen aus seinem Keller und, was noch schlimmer war, ohne Löcher ... keine Luft.

„Ich muss ... ruhig bleiben, mich konzentrieren.

103

Richtig atmen: ein, aus, ein, aus.

Die Truhe steht in meinem Keller. Genau. Miri und der Gang zum Keller. Zuviel Rotwein. Viel zuviel! Miri, die erzählte, dass das Schmuckstück ihr gehört habe.

Die Wohnungsauflösung.

Einatmen; ausatmen; ruhig bleiben.

Ich dachte, die will das Geld, oder einen Teil davon. Aber nein. Wollte sie doch gar nicht. Nach noch einer Flasche Wein fragte sie nach dem Rest der Möbel, und dann bin ich mit ihr in den Keller.

Nein, Kali.

Nicht zu schnell atmen. Langsam. Ruhe bewahren. Ich schaffe das. Vielleicht mal wieder klopfen? Bringt nichts.

Ruhig atmen. Ein. Aus. Ein. Aus. Das tut gut.

Mein Kopf wird klarer, und die Erinnerung kommt.

Miri, die mit ihrer sanften Stimme erzählte, dass sie und ihr Mann vor genau zehn Jahren überstürzt die mir bekannte Wohnung hatten verlassen müssen und seitdem im Ausland gelebt hätten.

Einatmen; ausatmen; ruhig bleiben.

Genau, so wars: Miri vermutete, dass der Eigentümer wohl nach der gesetzlichen Frist den gesamten Haushalt versteigert habe – an mich.

Einatmen; ausatmen; ruhig bleiben.

Und jetzt, wo ihr Mann gestorben sei, wäre sie zurückgekommen und habe ganz per Zufall ihr Schmuckstück bei *Bares für Rares* wiedererkannt. Was für eine Geschichte. Wir tranken noch eine Flasche. Und sie war doch so lieb und meinte, ich könne die 30.000 behalten. Die wollte gar nicht MEHR. Dabei hatte ich doch zuerst den Verdacht ... aber sie wollte gar keine Prozente ... ich hätte ihr was gegeben. Das war also nicht das Problem... Aber wieso war sie dann so ausgerastet?

Einatmen; ausatmen; ruhig bleiben."

Karl-Heinz Voegele hatte nicht nur eine gute Konstitution, sondern, dank seiner jahrzehntelangen Berufserfahrung beim Deutschen Technischen Hilfswerk in internationalen Krisengebieten, Nervenstärke, Durchhaltevermögen als auch Überlebenstaktiken gelernt. Er wusste, wie wichtig diese Selbstgespräche waren, aber er wusste auch, dass er keine dreissig mehr war. Lange würde er es nicht aushalten. Aber er arbeitete weiter an seinem Puzzle.

Was war noch passiert?

„Wieder ein Stück Erinnerung mehr, Kali. Du machst das doch wirklich gut. Wie in alten Zeiten. Statt irgendwo in einem Graben zu stecken, oder in anderen Schwierigkeiten, liegst du jetzt im eigenen Keller. Und wärst du nicht so blöd gewesen, die Truhe, die die Miri unbedingt haben wollte, vorher nochmal schnell auf Herz und Nieren zu prüfen, dann würdest du auch nicht hier liegen.

Du Dilettant, du damischer. Und wie wir alle wissen, warst du nicht das erste Mal im falschen Moment hinter den falschen Sachen her. Warum hast du dich nicht auf die Frau konzentriert? Warum musstest du unbedingt auch noch auf Schatzsuche gehen?

Diese scheiss Gier nach mehr; mehr ... was? Mehr Geld? Warum nicht mehr Wollust? Warum nicht mehr ... Miri?"

Und vor lauter Wut und Frust purzelte ihm ein ganz wichtiges Puzzelstück aus seinem arg lädierten Kopf - mitten ins Bewusstsein.

„Oh Gott, Miri, meine supertolle Miri, die ... die hat mir doch glatt ... die hat mir mit einem Stemmeisen, das sie in Nullkommanix aus dem schicken Rucksack gezaubert hatte, eine übergezogen. Just in dem Moment, als ich Hals über Kopf in der Truhe steckte und all das

Gold vor mir glänzte. Barren, lauter dicke, fette Goldbarren. Und dann wurd' mir schlecht – Filmriss. Alles schwarz.

Kali, reiss dich zusammen. Nicht hyperventilieren. Das bringt doch nix. Gar nix. So ist's besser:

Einatmen; ausatmen; ruhig bleiben.

Genau, und als ich dann wieder zu mir kam, lag ich gefesselt in der Truhe, und auf dem Rand sass die Miri mit einem Zigarillo in der einen und einem Glas Rotwein in der anderen Hand, aber sie lächelte mich an. Sogar mit ihren Augen.

Genau, daran kann ich mich erinnern.

So aufmunternd und einladend, gar nicht gemein und hinterhältig. Deswegen hab' ich's auch nicht gerafft.

Moment mal – ja, klar, ich bin nicht mehr gefesselt …

M i r i ? Bist du da … M i i r r i i?"

* * *

Er schrie noch eine Weile rum, bevor er sich wieder in die samtweiche Ohnmacht gleiten liess. Und als er eine Viertelstunde später wieder zu Bewusstsein kam, war die Todesangst näher als je zuvor in seinem Leben, denn er spürte mit Eiseskälte, dass die Luft ausging. Da half kein Überlebenstraining mehr. In einem letzten Kraftakt zwang er sich, das Ende von Miris Geschichte in Erinnerung zu rufen und dabei ein letztes Mal so ruhig wie irgend möglich ein- und auszutamen. Was hatte sie nochmal gesagt?

Genau, da war sie wieder, ihre sinnlich säuselnde Stimme.

„Mensch Kali, warum hast du dich nicht mit den 30.000 Euros zufrieden geben können? Du wolltest mehr…, schade. Für einen glückseligen klitzekleinen Moment hatte ich geglaubt, du seist echt anders als andere. Auch anders als der Macho-Angebertyp, den ich im Fernsehen gesehen hab. Weniger grossspurig – weniger gierig. Aber du bist wie alle. Genau so gierig wie mein Ex. Wir haben vor 10 Jahren, in unserer wilden Zeit, einen Juwelier in Mailand überfallen und Einiges an Schwarz-Geld, Schwarz-Gold und exquisitem Schmuck, darunter DEIN Armband, erbeutet.

Leider hat der Typ zu viel schlechte Kinofilme gesehen und unbedingt die Rolle des Helden spielen wollen, statt sich mit der des Opfers zu begnügen und danach in aller Ruhe die Versicherungssumme abzuwarten.

Naja, Kollateralschäden gehörten zu unserem Beruf. Und zurück in Deutschland, ging dann alles ganz schnell: Zuerst sahen wir die Meldungen über den

Überfall und Videoaufnahmen, auf denen wir ein bisschen zu deutlich zu erkennen waren. Danach blieb nur die Flucht nach vorne, und die mit leichtem Gepäck, sprich dem Geld und ein paar Goldbarren; der Schmuck war zu heiß, und deshalb haben wir ihn schnell versteckt. Und gar nicht mal so schlecht, sonst hätte man ihn ja eher gefunden. Selbst du kamst nicht auf die Idee, unter dem Armband noch einen doppelten Boden zu vermuten ... genial, was?"

An der Stelle hätte ich ihr nur zu gerne gesagt, wie toll ich sie fand, aber ich, Karl-Heinz Voegele, von seinen Freunde Kali genannt, war in keiner guten Position, um überhaupt was zu sagen, denn ich hatte keine Puste mehr. Also hörte ich zu, und Miri kam zum Ende ihrer so traurigen Story:

„Ja, was soll ich sagen? Irgendwann war das Geld zu Ende, und ich war ziemlich sicher, dass jetzt genug Gras über die Sache gewachsen war und ich wieder zurück könnte. Immer Sonne und Palmen, du kannst dir nicht vorstellen, wie langweilig das auf Dauer ist, glaub mir Kali ..."

Und ob er ihr glaubte - fast alles. Und kurz bevor er wieder das Bewusstsein verlor, hörte er noch einmal ihr spritziges Lachen.

„Ach ja, mein Mann, fragst Du? Der wollte nicht zurück; der hatte Schiss; und ausserdem musste er sich

doch weiter um seine exotischen Nymphchen kümmern, die er seit unserer Ankunft auf den Philippinen
gesammelt hatte. Und gehofft, dass ich nichts merke.
Noch so ein Idiot. Er hat mich nach Deutschland geschickt. Ich sollte den Rest holen und zu ihm zurückkommen. Hast du so was schon mal gehört? Jetzt liegt
er immer noch am Strand unter seiner Lieblingspalme,
aber einen Meter tiefer."

Wo Miri dann plötzlich die Rollkoffer her hatte, war
Karl-Heinz ein Rätsel. Aber diese Frau war für ihn vom
allerersten Kontakt am Telefon eine Wundertüte voll
wildromantischer, wollüstiger und gleichzeitig
schrecklicher Überraschungen. Nachdem sie die Beute,
für ihn im Zeitlupentempo, genüsslich verstaut hatte,
hörte er ihre Stimme ein letztes Mal:

„Wir machen das jetzt so, Kali-Schatz: Du bleibst brav
in der Truhe, und sobald ich in Sicherheit bin, rufe ich
jemanden an, der dich befreit ...

Nein, das gefällt dir nicht so gut?

Ach so – du meinst, du kriegst keine Luft da drin und
weisst nicht, ob du mir trauen kannst ... ja, das ist ein
Dilemma. Aber, sagen wir mal so, wenn du mit meiner
hervorragenden Idee nicht einverstanden wärst,
müsste ich leider das blöde Stemmeisen nochmal be-
mühen, nur diesmal mit mehr Schmackes ...

Was hast du gesagt? Ich verstehe dich so schlecht …
Ach so, du meinst, du willst in der Truhe bleiben …
Was für eine gute Entscheidung. Dann kriegst du von
mir sogar noch einen Kuss und - das würde dem Horst
Lichter bestimmt auch gefallen - ein
T r u h e n k ä r t c h e n. Ist das nicht schön?"

Ein gurgelndes Lachen war das Letzte, was er von ihr
hörte, dann war sie weg. Wie lange mochte das her sein?
Hatte sie jemanden angerufen? Sicherlich nicht. Diese
Frau war zu allem fähig. Die hat zwei Männer auf dem
Kerbholz und jetzt bin ich im Bunde der Dritte.

Einatmen; ausatmen; ruhig bleiben. Einatmen; ausatmen; ruhig bleiben.

Aber dieses Mal wusste er, dass er aus der Ohnmacht
nicht wieder wach werden würde. Er fühlte, wie der
Tod sich an ihn ranschlich. So hatte er es sich in den
Aberhunderten von Katastropheneinsätzen rund um
die Erde immer vorgestellt: nicht schwarz und kalt,
sondern am Schluss wird alles wieder hell und warm.
So wie das Leben anfängt, hört es auch auf. Er hatte
noch nicht mal mehr Angst. Und das Letzte, was er sich
vor Augen führte, war, dass es sich doch gelohnt hatte
– Alles – sein verrücktes Leben und sogar, Miri die Tür
aufgemacht zu haben, an dem bewussten Abend.

Was für eine tolle Frau!

* * *

Als Miri den Deckel der Truhe aufmachte, war Karl-Heinz Voegele in keinem guten Zustand mehr. Sie rief sogar noch den Notarzt und erklärte, es sei ein Unfall nach einem ausgefallenen sado-maso Sexmanöver gewesen. Und das Tollste war, man glaubte ihr sogar.

Epilog I

Als Kali eine Woche später aus dem Koma erwachte, war das Erste, was er sah, ein mordstiefer Ausschnitt und der wunderschöne üppige Busen von Miri, die ihm aufmunternd in die Augen schaute und flüsterte:

„Besser einen Voegele, als gar keinen Mann!"

Epilog II

In den nachfolgenden 20 Jahren tauchten ab und zu in der am längsten laufenden Sendung der deutschen Fernsehgeschichte Anbieter auf, die exquisiten höchstwertigen Schmuck anboten, aber nie für sich selbst.

Immer im Auftrag von Freunden.

Und die, die verpassten sogar in Acapulco nie ihre Lieblingssendung:

Bares für Wahres

Holz vor der Hütten
oder
Es kann der Frömmste nicht in Frieden leben ...

Sie hatten doch schon immer davon geträumt:

Ein Häuschen im Grünen, eine Zuflucht weg vom Berufsalltag, und, ja, auch ein kleines Liebesnest. Obwohl nur zwei Stunden von der grossen Stadt entfernt, ein Schnäppchen, mit dicken Mauern und einem Grundstück, das zum Gärtnern und Faulenzen einlud.

„Mensch, Robert, lass uns das doch machen ... Das ist doch kein Geld. Was kriegst du denn heutzutage noch für 20.000 Euros? In Frankfurt noch nicht mal ne Garage!"

Und Robert musste ihr recht geben. Das Preis-Leistungs-Verhältnis war einfach toll. Und endlich was Eigenes. Später, wenn sie beide nicht mehr arbeiten müssten, könnten sie vielleicht sogar ganz dort leben. Und endlich raus aus der Stadt, in der sie sich eigentlich nie so ganz wohl gefühlt hatten.

Robert kam aus kleinen Verhältnissen, und Susanne auch. Die Ängste und Sorgen, die damit manchmal verbunden waren, hielten sie beide zusammen. Und noch viel mehr. Susanne arbeitete als Bibliothekarin, und er als Lektor in einem der grossen Verlage in Frankfurt. Aber sie waren beide keine Stadtkinder. Er war nahe der thüringischen Grenze in der hessischen Rhön geboren und sie in Fladungen, einem kleinen Ort auf der fränkischen Seite des Eisernen Vorhangs, der vor 89 noch Ost- und Westeuropa trennte.

Und genau dort lag das kleine Anwesen. Schon auf thüringischer Seite, aber mit Blick zur Wasserkuppe. Mitten in einem Dörfchen von nicht mal hundert Seelen. Sogar einen Garten und eine Streuobstwiese gab es. Der einzige Nachteil war, dass es leider nicht allein-stand, sondern an der Ostseite ans Nachbarhaus grenzte.

„Das ist doch kein Problem, Robert. Im Gegenteil, dann können wir uns im Winter gegenseitig warm halten. Der Herr Gries hat nämlich seine Küche genau neben unserer. Und du hast doch auch immer gesagt, wie dir die Anonymität der Städter auf die Nerven geht. Hier, auf dem Land, ist das alles anders. Man lernt sich ken-nen und gegenseitig helfen. Du wirst sehen, das wird ganz wunderbar, ich spür das."

Und so kam es, dass sie sich sofort nach dem Kauf mit Feuereifer an die Renovierung des alten Gemäuers und die Verschönerung des Gartens machten. Sie fingen schon unter der Woche an zu planen, und am Freitag nachmittag ging es los: Bereits die Fahrten waren reine Vorfreude, und, einmal angekommen, wurde ange-packt:

Susanne hatte tausendundeine Ideen, und Robert war der Mann fürs Grobe. Was sie am Kaufpreis gespart hatten, ging zwar jetzt an die Baumärkte und Gärtne-reien, und nicht wenig an örtliche Handwerker, aber am Ende hatte es sich gelohnt. Ausser der Küche hatten sie alles renoviert. Nur die sollte so bleiben: mit den al-ten Schränken, dem alten Waschstein, den krachenden Holzdielen und vor allem den für die Gegend so typi-schen Holzherd.

„Weisst du, worauf ich ganz besonders stolz bin? Da kommst du nie drauf ... Rate doch mal."

Susanne, die sich müde, aber glücklich, neben Robert in den neuen pinkfarbenen Liegestuhl fallen liess, liebte Ratespiele über alles und schaute sich neugierig um.

„Ist es drinnen oder draussen?"

„Wenn ich dir das sage, ist es zu einfach. Aber ich kann dir die Farbe sagen. Und die ist .... schwarz".

„Du meinst schwarz wie die neue Sofagarnitur?"

„Kalt, ganz kalt."

Robert liebte es, wenn seine Sanne ihre schöne Stirn runzelte und sich auf das Spiel konzentrierte wie ein kleines Kind. Meistens konnte sie seine Gedanken lesen und wusste spätestens beim dritten Mal schon, worum es ging.

„Also ist es nicht IM Haus, wenn es SO kalt ist. Und schwarz ist ja auch keine meiner Lieblingsfarben. Warte mal, ausser dem gusseisernen Topf in der Küche ... Warum lachst du so? Ich bin nah dran, ja? Es hat was mit Essen zu tun? Ich weiss es ... Es ist im Garten und das einzig Schwarze im Garten ist ... der Pizza-Ofen! Gewonnen!"

„Ich könnte doch nächstes Wochenende zur Einweihungsfeier Pizza anbieten, was hältst du davon?"

Susanne war begeistert. Die Nachbarn hatten alle zugesagt, und auch noch ein paar Freunde aus der Stadt.

* * *

Alle schienen sich köstlich zu amüsieren. Die Städter und die Dörfler. Sogar zusammen. Nur der angebaute Nachbar stand immer alleine und, wann immer möglich, mit Blick zu seinem Grundstück, bis Susanne ihn beim letzten Bierchen fragte:

„Gefällt es Ihnen auch so gut? Man kann sich gar nicht satt sehen ...".

Es war Susannes Lieblingsblick: Von ihrem Garten aus über die Apfelbäume, am Haus des Nachbarn vorbei auf das Flüsschen, das sich dort durch die Wiesen schlängelte. Und auf den Wiesen weidende Kühe, die noch mehr Ruhe und Frieden ausströmten, als das Dorf und die ganze Gegend ohnehin schon besassen.

Aber Gries sah etwas ganz anderes: seinen wackeligen Zaun, die Unmengen Brennholz, das alte Autowrack, seinen Holzschuppen, die brüchige Fassade seines runtergekommenen Hauses und die zerrissenen Gardinen an den drei Fenstern mit Blick zu seinen neuen Nachbarn.

„Wisst ihr eigentlich, dass, wenn ihr beiden euch in der Küche unterhaltet, ich jedes Wort verstehen kann?"

Damit drehte er sich langsam zu Susanne und grinste sie vielsagend an. Gut, dass genau in diesem Moment ein paar andere Nachbarn dazutraten, die sich verabschieden wollten:

„Komm, Conrad, wir nehmen dich mit und lassen die beiden in Ruhe aufräumen. Oder willst du noch beim Spülen helfen?"

Laut lachend und nicht mehr ganz sicher auf den Beinen, zogen sie ihn mit sich weg.

„Was für ein toller Einstand. Hast du gesehen, wie die

über meine Flammküchle und Pizzen hergefallen sind? Und wie die sich alle gut verstanden haben. Da war doch kein Snob und keine Zicke dabei. Oder, was sagst du, Sanne?"

Aber Susanne sagte nichts - lächelte ihn mit diesem ganz besonderen Lächeln an, und Robert wusste, dass er jetzt keine Zeit verlieren sollte, sie in seine Arme zu nehmen und abzuschleppen.

* * *

Susanne lag noch lange wach, nachdem Robert glücklich in ihren Armen eingeschlafen war. Sie hatten von Anfang an guten Sex miteinander. Beiden war das wichtig, und so hatten sie sich und ihre Vorlieben zusammen entdeckt. Und jedesmal war es wieder anders. So auch letzte Nacht. Einfach wunderbar! Aber warum konnte sie nicht zur Ruhe kommen, sich fallen lassen, wie sonst immer?

Plötzlich tauchte die Fratze mit den gelben Zahnstummeln vom alten Gries auf, wie er sie angegrinst hatte. Und ... das war doch keine Einbildung, oder hatte sie das jetzt gerade geträumt? Er hatte ihr nicht nur zu tief ins Decolleté gestiert, sondern sie mit seinen gierigen Augen ausgezogen.

Und als er sagte, er höre ALLES ...?

Vorhin hatte sie sich noch nicht mal mehr getraut zu schreien, so wie immer, wenn Robert sie zum Höhepunkt brachte. Angst, belauscht zu werden, in ihrem eigenen Haus…?

Unmöglich!

Was sollte sie nur tun? Mit Robert sprechen ging nicht. Zuerst würde er lachen und sagen, sie hätten doch gestern alle zu viel getrunken, und der alte Herr Gries sei doch ein so netter Mann. Immer bereit, ihm ein Handwerkzeug zu leihen oder sonst einen guten Tipp zu geben.

Und dann seine Liebe zu dem Haus und den Leuten. Was für eine dunkle Wolke … nein, mit Robert sprechen ging gar nicht.

Susanne beschloss, die ganze Sache zu vergessen.

Es wurde Sommer und endlich Ferien. Das hiess: nicht nur übers Wochenende in ihrem schönen Häuschen sein zu können, sondern 3 Wochen am Stück. Äpfel, Pflaumen und Mirabellen ernten. Kuchen backen, Marmeladen einkochen und ansonsten auf der faulen Haut liegen und sich die Sonne auf den Pelz scheinen lassen.

* * *

Es war Robert nicht sofort aufgefallen.

Und er wusste jetzt auch, warum nicht. Immer wenn Susanne sich in ihrem gelben Bikini auf der Liege räkelte, hatte er nur Augen für sie gehabt. Sie hatte eine tolle Figur. Keine anorexische Mannequinfigur. Nein, frauliche Rundungen an allen Stellen, die er so liebte. Wenn sie sich, wie jetzt, im Halbschlaf drehte, konnte er sehen, wie ihre vollen Brüste fast aus dem schicken Oberteil rausquollen; und ihre Hüften – ah, einfach, um sich reinzuschmiegen. Ihm wurde immer ganz anders, wenn er sie nur anschaute. Und manchmal, wenn sie mit den Augen blinzelte, schleppte er sie schnell ab. Sex im Garten trauten sie sich nicht …

Und genau in so einem Moment hatte er zum ersten Mal den Blick nach oben in Richtung der Fenster vom alten Gries schweifen lassen.

Und da hatte er ihn entdeckt.

Zigarettenstummel im Mundwinkel, nackter Oberkörper und ein kleines Opernglas in den Pfoten. Oder war das etwa ein Fotoapparat? Das konnte doch nicht wahr sein! Das Schwein winkte ihm sogar noch zu, bevor er die zerrissene Gardine wieder zuzog und verschwand.

Robert war sprachlos.

Gut, dass Susanne von all dem nichts mitbekommen hatte. Er wollte sie auf keinen Fall beunruhigen. Sie sollte sich weiter sicher fühlen in ihrem schönen Häuschen, in diesem wunderbaren Dorf.

Zwei Minuten später stand Robert im Hof vom alten Gries.

„Sag mal, was treibst du denn da? Das sah aus, als würdest du Fotos von meiner Frau machen … Spinnst du?"

Aber Gries grinste ihn nur an und sagte:

„Ist doch auch ein zu schöner Anblick, den geniesse ich schon seit einiger Zeit. Was muss sie sich auch so halbnackt da hinlegen? Da kann man doch gar nicht weggucken. Und überhaupt, sie fordert mich ja geradezu heraus, oder nicht?"

Fast hätte Robert in die grinsenden Bartstoppeln hineingeschlagen, aber da kam Susanne die Strasse entlang und winkte ihm zu. Sie sollte auf keinen Fall von diesem Zwischenfall erfahren.

* * *

Susanne war sich jetzt sicher. Es war KEINE Einbildung. Immer, wenn sie im Garten war, kam auch der alte Gries aus seinem Fuchsbau und krauterte an irgendetwas auf seinem versifften Anwesen herum. Er versteckte sich auch nie. Im Gegenteil. Er hatte immer einen blöden Spruch auf Lager und wollte so mit ihr ins

Gespräch kommen.

„Na, mal wieder auf der faulen Haut liegen, Frau Nachbarin?" oder

„Ich hab gehört, ihr habt ja jetzt sogar ne Putzfrau. Hausarbeit ist wohl nicht so dein Ding ... aber ich weiss ja, dass du andere Qualitäten hast."

Bisher reichte es ihm, seine gelben Zahnstummel zu zeigen. Aber heute bewegte er seine Zunge in einer eindeutigen Geste, die Susanne aufschreien und fortlaufen liess. Sie fand Robert in der Küche und wusste endlich, was zu tun war:

„Es tut mir leid, dass ich dir nicht gleich was gesagt habe. Aber ich weiss doch, wie sehr du an dem Anwesen hier hängst, und ich weiss auch, dass du dich für mich schlagen würdest. Robert - ich glaube, der hat sogar Photos von mir gemacht".

Es dauerte eine ganze Weile, bis Robert seine Sanne beruhigt hatte, die immer noch laut weinend auf ihn einredete:

„Es kann nicht sein, dass ich die einzige Frau bin, an der er sich aufgeilt ... das steht für mich fest. Aber wir können doch deswegen nicht das Haus verkaufen ..."

Sie beschlossen, sich umzuhören. Vorsichtig und diskret. Susanne bei ein paar neuen Freundinnen im Dorf und Robert bei anderen Nachbarn. Beiläufig. Unauffällig.

Zuerst kam nichts. Die Dorfgemeinschaft hielt fest zusammen. Als erste liessen zwei Frauen was raus. Von wegen nachts sich nicht raustrauen, seit damals … Und dann hörte Robert von dem Mädchen, das sich umgebracht hatte. Nicht mehr und nicht weniger.

* * *

In den folgenden Nächten kam Robert nicht viel zum Schlafen. Er musste seinen Plan bis ins Detail durchdenken; und am letzten Tag der Ferien war er so weit. Aber das Schwierigste lag noch vor ihm:

Susanne davon zu überzeugen, dass es keine andere Lösung gäbe...

Am letzten Abend hatten sie wie immer gepackt und das Auto beladen. Es war ihre übliche Abfahrtszeit – nur keinen Verdacht erregen. Als die Dunkelheit hereinbrach, fuhren sie los, aber nur bis zum Ortsrand, hinter eine Buschreihe. Dann ging Robert los und direkt zum Haus des Nachbarn. Der stand mitten in seinem Hof, und Robert sah, dass die Tür zur Küche offen war und die Herdklappe einen roten Schein verbreitete. Offensichtlich wollte der Alte gerade neues Brennholz holen. Nun, das sollte er bekommen. Robert nahm ein grosses Scheit vom nächsten Stapel und schlug zu: Einmal, zweimal und mit aller Kraft, dann lag der Alte da, mit klaffendem Schädel und grinste nicht mehr.

Auf der Rückfahrt sprachen sie nicht viel.

Robert hatte beim Einsteigen genickt, und Susanne war ohne ein Wort losgefahren. Es war ihre gemeinsame Entscheidung gewesen, und auf Robert konnte man sich verlassen.

Am nächsten Morgen läutete das Telefon.

„Robert, geh du ... das ist bestimmt die Polizei. Ich kann nicht ... ich kann mich nicht verstellen. Was sollen wir tun?"

Robert ging.

Und Susanne hörte, dass er den Vornamen des Dorfbürgermeisters benutzte und erleichtert klang. Dann hörte sie lange nichts mehr. Zögernd stand sie auf und fand Robert immer noch mit dem Hörer in der Hand, obwohl das Freizeichen summte.

„Was hat er gesagt, Robert? Kommt die Polizei? Was ist los?"

Robert war weiss wie die Wand, schluckte nervös, aber legte endlich den Hörer auf. Wie sollte er DAS denn seiner Sanne sagen?

Unmöglich!

Er musste es ja selbst erst mal verstehen ... wie konnte so was nur passieren?

Was hatte Herr Klemm gerade gesagt:

Ihr Nachbar sei tot aufgefunden worden, inmitten brennender Holzstapel. Sicher ein Unfall, er wäre wohl beim Holzholen gestürzt (war ja nicht mehr der Jüngste und dem Alkohol sehr zugetan), und die offene Klappe vom Küchenherd hätte dann einen Brand verursacht, der vom Wohnhaus auf den Hof übergegriffen hätte. Er, der Bürgermeister, hätte die halbe Nacht versucht, zusammen mit der Feuerwehr den Brand einzudämmen – aber (und hier war Herr Klemm richtig lieb geworden) leider hätte das Feuer auch auf den Holzschuppen des Nachbarn und von dort auf ihr Haus übergegriffen, ja, leider...

Robert räusperte sich, starrte Susanne auf ihren schönen Busen und dachte trotz allem: Holz vor der Hütten!

„Sanne, ich erzähl dir gleich alles, aber gib mir zuerst einen Schnaps. Einen grossen, und hol gleich zwei Gläser."

Er leerte sein Glas in einem Zug und dann sagte er es

ihr auf seine ganz eigene Art:

„Ich habe zwei Neuigkeiten für Dich: Eine gute und eine schlechte. Welche willst Du zuerst hören?"

COVID 9
oder
Covid 10?

„Hey, Horscht, die nächste Runde geht auf mich, alles klar ...?"

Lautes Gegröle von der im wahrsten Sinne des Wortes vollen Belegung des Montagsstammtischs im *Wilden Kaiser* in Kano.

Endlich waren die Auflagen wegen Corona aufgehoben. Noch nicht ganz, aber so, dass die Allermutigsten sich wieder raustrauten. Natürlich maskiert, aber voller Begeisterung. In der Rhön gab es eh so gut wie kein Corona. Das ist nämlich eine grundgesunde Gegend. Die hat auf thüringischer Seite die DDR überstanden und natürlich erst recht die jetzige Pandemie. Das wusste doch jeder am Stammtisch: Corona war am gefährlichsten in den Städten und vielleicht sogar gefährlicher im Westen als im Osten.

„Da siehste mal, Klausi, jetzt kommt es so, wie ich immer gesagt habe. NRW und Hessen. Das sind die *Hotschpotts*. Bei uns doch nicht. Aber erstmal ALLES dicht machen, die ganze Republik. Da sind wir dann, von heute auf morgen, plötzlich doch alle gleich..."

„Genau, meine Rede! Aber beim gleichen Lohn hört es ganz schnell wieder auf. Ist doch alles Scheisse! Die Politiker in Berlin – ich sags euch ..."

„Na endlich habt ihr's kapiert. Meine Rede seit '89 ... Und ihr habt gemeint, dass alles besser wird".

„Ach, hör doch auf, Kalle. Du und die alten Geschichten; immer die selbe Leier. Früher wars auch nicht besser. Politiker sind halt Politiker ... denen kannst du doch nie trauen, oder?"

Der Einwurf von Helmut wurde von allen, ausser Kalle, mit lautem Klopfen auf den uralten Eichenstammtisch quittiert.

Bevor es jedoch drohte, noch aufgeregter ins rechte oder linke Lager abzudriften, kam Horscht mit einer neuen Runde Rhöntropfen und einem Briefumschlag mit vielen bunten Briefmarken drauf:

„Wer von euch rauskriegt, von wem DER Umschlag kommt, dem spendier ich ein volles Fass Rhöner Urquell".

„Ein volles Fass, dass ich nicht lache. Wieviel Liter ..." brummte Kalle immer noch missmutig, weil die Runde ihn schon wieder hatte auflaufen lassen. Dabei hatte er doch recht. Und wenn die anderen nur einen

Funken mehr Mut hätten, würden sie ihm auch bei-
pflichten, dass früher so Einiges besser war.

„Na, 50 natürlich, wollen wir mal nicht übertreiben.
100 gibt's an Pfingsten zum Frühschoppen ..."

Damit hatte Horscht es zwar nicht geschafft, alle Ge-
müter zu beruhigen, aber wenigstens, die Aufregung
in eine andere Richtung zu lenken. Es ging ja nicht um
Recht haben oder nicht. Am Stammtisch hatte doch jeder Recht, und die Gedanken waren hier noch freier als
vor der Türe vom *Wilden Kaiser*.

Alle neun Teilnehmer schauten ihn erwartungsvoll an.
Nur Krischan lächelte wissend, setzte sich neben
Horscht und wartete geduldig, bis der die Bombe plat-
zen lassen würde.

Dafür und für noch viel mehr waren die beiden Wirte
berühmt und berüchtigt. Sie waren das perfekte Duo.
Während Horscht in der Küche zauberte, bediente
Krischan mit angeborener Eleganz und Eloquenz die
Gäste im Restaurant. Aber 2mal die Woche, Montag
und Donnerstag, war das Highlight des Abends: der
Stammtisch. Und da waren sie unter Freunden, und
nicht nur unter lieben Gästen; setzten sich zu den anderen an den grossen Tisch und konnten sich auch mal
gehen lassen und die späte Stunde geniessen. Es
brauchte immer nur einen von beiden, der aufstand
und Bier zapfte, Schnaps ausschenkte und vor allem

den Überblick behielt. Und auch dabei wechselten sie sich hingebungsvoll ab.

Dass heute in vielerlei Hinsicht ein ganz besonderer Tag war, hatten Horscht und Krischan schon beim Aufstehen gespürt. Auf dem Nachttisch neben ihrem Bett lag der mysteriöse Umschlag aus Chile, dessen Geheimnis endlich gelüftet werden sollte. Sie mussten notgedrungen auf die erste offizielle Zusammenkunft seit Corona-Lockdown warten, um endlich alle wieder einmal um den Tisch zu bekommen. Inoffiziell hatten sie natürlich schon ab und zu geübt. Aber immer nur mit EINEM vom Stammtisch. Und natürlich immer mit Maske; und nicht im Schankraum, sondern im Hofgarten. Es wurde gemunkelt, sie hätten sogar probiert, was Neues zu erfinden und ein Loch in die Masken zu machen, um das Bier mit Strohhalm zu trinken. Aber das hatten sie schnell sein gelassen. Da schlug nämlich der Alkohol rein wie Harry. Und daher waren sie heute alle brav: die Masken griffbereit, einigermassen Abstand und gespannt wie Flitzebogen.

„Ja … wer hat uns denn da geschrieben …?"

Horscht wedelte aufreizend mit dem ungeöffneten Umschlag in die Runde.

„Mensch Horscht, jetzt hör doch mal auf, so rumzufurzen, lass doch mal sehen … da steht ja echt: An den Montags-Stammtisch im *Wilden Kaiser* … der Brief ist tatsächlich an uns alle adressiert."

„Aber guck doch mal, Thomas, da steht gar kein Absender drauf ... Briefmarke aus ... äh, *Gabriela Mistral*..."

„Quatsch, gib mal her Kalle, *Gabriela Mistral* ist doch kein Land, so heisst ne Schriftstellerin aus Südamerika. Der Umschlag kommt aus ... man kann es kaum lesen, aber doch, da stehts, der kommt aus Chile."

„Jetzt lass mich auch mal sehen, Helmut. Nur weil du früher Lehrer warst, weisst du noch lange nicht ALLES. Mistral ist nämlich ein Wind. Und überhaupt nicht aus Südamerika. Aber egal, guckt euch doch mal das Datum an. Der Brief ist ja schon vor Wochen abgestempelt ... und tatsächlich, da stehts, aus C.. h.. i.. l.. e. Kennen wir jemand in Chile?"

Kleinlaut meldete sich Kalle zu Wort:

„Meine Geschichten von früher interessieren ja hier niemanden mehr. Aber ICH hab zwei Leute in Chile gekannt und ihr auch ... leidet ihr denn alle an akuter Amnesie?"

Es dauerte nur kurz, bis auch die anderen drauf kamen und meinten:

„Oh Kalle, du und deine alten Geschichten ..."

„Zu meiner Zeit, als Margot noch was in den thüringischen Schulen zu sagen hatte, ..."

Kalle wurde jedoch eiskalt mit einem frischen Urquell zum Schweigen gebracht, und Erika, eine der zwei Frauen vom Stammtisch, mischte sich jetzt höchst interessiert in die Rätselrunde ein und fragte die Wirtsleute:

„Honecker hin oder her – Unfriede seiner Asche! Die Frage heute und jetzt ist doch vielmehr, woher ihr beiden wissen wollt, wer uns den geschickt hat, ohne einen Absender und ohne, dass ihr ihn geöffnet habt? Kennt ihr noch jemanden in Chile? Jemanden, der noch lebt?"

Mit ihrer letzten Bemerkung warf sie einen verächtlichen Blick auf Kalle, der nur mit den Schultern zuckte und sein Glas in einem Zug leerte.

„Genau – ihr könnt es gar nicht wissen. Der Brief ist ja noch zu. Und überhaupt! Das ist doch 'ne Scheisswette, Horscht ..."

„Wenn Simone heute dabei wäre, die hätte es schon längst aus ihm rausgekitzelt ..."

„Was soll ich rauskitzeln ...?"

„Hey, du kommst genau richtig. Es geht um ein Fass Bier für den, der errät, von wem der Brief hier ist – und

Horscht und Krischan wollen es uns nicht verraten ...“

Erika hatte Simone flugs den Umschlag zugeworfen, und die schnupperte daran wie Helmuts Weimaraner, bevor der eine Fährte aufnahm.

„Ja, klar, dann muss ich wohl eingreifen ... „

Simone leckte sich noch einmal keck die Lippen, streckte voller Begeisterung ihre langen lila Fingernägel Richtung Horscht und machte sich über ihn her. Es dauerte keine Minute, und das Geheimnis war gelüftet:

„Okay, okay. Ich gebe auf, ich ergebe mich ... Er hat angerufen. Am Freitag, oder war es Samstag? Egal. Es war auch nur ganz kurz, und die Verbindung sehr schlecht. Aber er hat nicht gesagt, wo er gerade ist. Er hat nur gesagt, dass er uns einen Brief geschickt hat. Mit was ganz Wichtigem drin. Und dass wir uns auf eine mords Überraschung gefasst machen sollen ...“

„Wer ist ER? Wenn du es jetzt nicht sofort ausspuckst, dann verhafte ich dich auf der Stelle wegen ... ja, Körperverletzung, oder noch besser, wegen seelischer Folter und Körperverletzung ... Schluss mit lustig.“

Alle trommelten Beifall.

Thomas war nämlich der einzige, der noch nicht mal beim Montags-Stammtisch seinen Beruf an den Haken hängen konnte und oft zum Verdruss der anderen ganz und gar Polizist blieb. Trotzdem war er für fast jeden Spass zu haben und da die meisten Gott-sei-Dank fussläufig zum *Wilden Kaiser* wohnten, brauchte er sich wenigstens nie mit Alkoholkontrollen unbeliebt zu machen.

Also, fast alles gut! Soweit ...

* * *

„Ich wollts euch ja sagen. Jetzt gebt doch Ruhe. Der Brief ist von Emil ...“

„Wie - Emil?“

„Ei, unser Emil.“

„Ja, klar, wir haben ja nur einen Emil am Stammtisch ... aber der ist doch nicht in Chile. Ich denke, der war krank und musste in Quarantäne nach der Katastrophe in seinem Altersheim“.

„Na na, jetzt übertreib mal nicht, Thomas. Von wegen Katastrophe. Das wurde nie nachgewiesen, ob die paar Alten nun wirklich an diesem Virus gestorben sind, oder an Alterschwäche, Bronchitis, Grippe oder Weiss-Gott-Was. Und die haben sich ja auch nicht alle Neun an ein- und demselben Tag verabschiedet ...“

„Mensch, Kalle, geht's nicht etwas pietätvoller? Und du glaubst wohl auch noch wie früher nur den selbstgemachten Statistiken ... gell!"

„Jetzt hört doch endlich mal auf zu politisieren. Was ist denn nun mit Emil? Den hab ich zwar schon lange nicht mehr gesehen, aber in Chile ist er ja wohl auf keinen Fall ... wie soll er denn da hin gekommen sein?"

„Keine Ahnung. Aber mir hatte er vor einem Monat oder so erzählt, dass seine Mutter Anfang März, genau bevor der ganze Schlamassel mit Corona angefangen hatte, zu ihrer Schwester nach ... warte mal, wie heisst das Kaff nochmal ... Krischan, du hast doch gesagt, du kennst es, weil dort die bekannteste Brauerei Südamerikas ist, oder so ähnlich ..."

„Ja so ähnlich: die Stadt heisst *Valdivia* ... und *Kunstmann* ist die berühmteste Brauerei Chiles, nicht Südamerikas. Die brauen schon seit 1850 Bier, sogar nach dem deutschen Reinheitsgebot ..."

„Das ist ja alles schön und gut, aber was hat das Bier mit unserem Emil zu tun? Ausser, dass der arme Kerl mal gerne einen über den Durst getrunken hat, wie wir alle hier, ausser Thomas natürlich ..."

Der hob zwar mahnend die Hand, bestellte aber bestgelaunt eine Runde Urquell für alle und meinte:

„Jetzt lass doch mal den Horscht erzählen. Am besten der Reihe nach … Unser Dr. Habesam, für seine Freunde Emil der Gepiesackte genannt, ist also wo und zu wem?"

„Ihr lasst mich ja nicht zu Wort kommen. Also, hört zu …"

„Wieso der Gepiesackte … das habt ihr mir nie erzählt".

„Mensch, Simone, jetzt unterbrich doch nicht immer …"

„Aber das ist doch wichtig. Das gehört doch zum Hintergrund. Simone hat doch Recht zu fragen. Weisst du, das bezieht sich auf seinen Drachen von Mutter. Der arme Emil stand zeitlebens unter ihrer Fuchtel. Ich glaube, die hat ihn so geliebt, dass sie ihm schon als Bub jede Freundschaft mit anderen madig gemacht hat, und später jede Beziehung, ob zu Männern oder Frauen. Und erst recht, wenn es um Liebe ging …"

„Das stimmt, die hat ihm immer alles kaputt gemacht …"

„Da siehst du, Kalle, früher war beileibe nicht alles besser …"

„Das hab ich auch nie in dem Zusammenhang gesagt;

ihr wisst genau, um was es mir geht. Aber die olle Habesam ... ich kann euch ein Lied singen: Was die mit dem Emil gemacht hat, geht auf keine Kuhhaut. Die war krankhaft eifersüchtig. Wir waren ja Nachbarskinder, und ich hab mit eigenen Augen gesehen, wie die den Armen kaputt gemacht ... die hat ihn, ich kann gar nicht drüber reden; und dann hat sie ihn mit ihrem vielen Geld an der goldenen Kandare gehalten. Und wo die ihr Vermögen her hatten, das weiss doch jeder hier. Ich sag nur: die *Zuckerbergs* ... damals ..."

„Jetzt schweif nicht schon wieder ab, Kalle und mach die Familie Habesam nicht schlecht. Die ganze Sache wurde nach dem Krieg nie weiterverfolgt - oder der Vater freigesprochen, ich weiss nicht mehr so genau. Ist ja auch egal. Auf jeden Fall hat unser Emil es weit gebracht; hat Psychologie, oder war es Wirtschaft studiert und sogar 'nen Doktor gemacht, oder nicht? Und damit ist er immerhin Leiter unseres renommierten Altersheims geworden. Dem grössten im ganzen Landkreis."

„Na ja, vor Corona vielleicht, aber jetzt ..."

„Das hat doch alles nichts mit dem Brief zu tun ... lass doch Horscht mal fertig erzählen."

„Ja, dank dir, Thomas. Aber irgendwie hat Kalle auch recht. Da hängt viel mehr zusammen. Mehr, als wir wissen. Die Schwester von der ollen Habesam ist doch schon in den 40er Jahren mit ihrem Mann, einem hohen SS-Fritzen, nach Südamerika. Solche Geschichten gabs doch früher öfter. Ich kann mich gut erinnern, dass meine Eltern und Grosseltern von so Familien erzählt haben; natürlich ganz heimlich, damit wir Kinder nichts mitkriegen sollten. Ich fand die Stories immer schon spannend und bin mir sicher, dass die Gerüchte stimmen, dass die dort zu noch mehr Geld gekommen sind. Dabei hatten die bestimmt damals schon ne Menge im Gepäck. Womit ich endlich am Anfang UNSERER Geschichte bin. Die mit dem Brief:

Den haben wir, wie schon gesagt, vor ein paar Tagen erhalten; und genau an dem Tag klingelte das Telefon, und am anderen Ende der Leitung war unser Emil, der meinte, er könne nicht zum ersten offiziellen Stammtisch kommen, aber er habe eine Überraschung für uns. Und so haben wir gewusst, von wem der Brief war ... nicht mehr und nicht weniger."

Kalle meldete sich mit gestrecktem Arm zu Wort, wie er es wohl noch von der alten Margot in Erinnerung hatte; und da die anderen ihn ignorierten, fing er an, wie wild mit den Fingern zu schnipsen:

„Also wenn ihr mich fragt ... der Emil, der ist zu seiner Mutter geflogen und die ist zu ihrer kranken Schwester, wie ein Aasgeier, weil es da wohl Einiges zu erben gibt. Und nach Aufhebung des Reiseverbots ist er in den ersten Flieger, um seiner Mutter beim Geldtragen zu helfen ..."

„Mensch Kalle, du und deine Geschichten ..." Simone schüttelte ungläubig ihren Lockenkopf.

„Das passt doch alles vorne und hinten nicht zusammen: Wie kann er diesen Brief an uns vor Wochen schon in Chile abgeschickt haben, wenn er erst vor drei Tagen zu seiner Mutter geflogen sein soll? Und wer weiss, ob er überhaupt in Chile ist?"

„Der ist in Chile, wetten dass? 100 Liter-Fass? Die wandeln alle auf den Spuren von Margot und Erich. Ich sags euch: *Kein schöner Land in dieser Zeit, als hier das unsre weit und breit* ..."

Kalle fing laut an zu singen, und die anderen stimmten munter mit ein. Erst als die zweite Strophe fertig war, fiel es Thomas auf, dass Horscht verschwunden war. Abgerutscht. Auf den Boden unterm Stammtisch.

Alle grölten und johlten zusammen, bis Thomas vorschlug, doch endlich mal den Umschlag aufzumachen.

„Vielleicht hat er uns ja ein paar Scheine reingesteckt ... nun reiss das Ding endlich auf, Horscht!"

Und genau das hatte der getan, nur mit etwas zu viel

Schmackes, so dass der Inhalt ihm aus der Hand gepurzelt und, statt auf dem Stammtisch, darunter gelandet war: kleine Zeitungsschnipsel, was Metallenes und ein Briefchen. Da niemand ihn zu vermissen schien, blieb er kurzerhand auf dem Steinboden sitzen und fing laut an zu lesen:

Liebe Freunde vom Montags-Stammtisch,
da ich vor meiner Abfahrt keine Gelegenheit mehr hatte,
mich gebührend von euch zu verabschieden – ihr wisst schon,
wie ich meine – mit mindestens einem Fässchen Bier – will
ich mich auf diesem Wege melden und es nachholen. Die Beerdigung meiner in Valdivia wohl sehr bekannten Tante war
ein grosses Ereignis (siehe Zeitungsartikel anbei). Meine
Mutter ist sehr froh, dass sie ihre Schwester in den letzten
Monaten vor ihrem Ableben begleiten und endlich Frieden
finden konnte. Mit ihr, mit mir und mit sich selbst. Wir werden ganz bestimmt noch einige Wochen mit dem sehr aufwendigen Papierkram hier in Chile zu tun haben und uns
dann gemeinsam noch einige Sehenswürdigkeiten des Landes anschauen. Bis dahin wünsche ich euch alles Gute, und
schaut euch doch mal den Bericht des MDR an, den die damals über mein Altersheim gedreht haben. Da ich weiss, dass
ihr alle liebenswerte, aber Kulturbanausen seid, bin ich sicher, dass ihr den Bericht bestimmt noch nicht gesehen habt.

Es grüsst euch ganz herzlich,
euer sehr entfernter Freund Emil

P.S. Herzliche Grüße, unbekannter Weise, auch von Willi

*Göring, dem ich ganz zufällig in Valdivia über den Weg ge-
laufen bin...*

* * *

„Mensch Horscht, die haben tatsächlich geerbt ...“

„Warte mal, wer ist Willi Göring? Kennt den jemand
von euch? Ich kenn nur den Hermann ...“

„Mensch Kalle, hör endlich auf mit dem Shit von vorgestern; lass uns lieber mal schauen, was auf dem USB-
Ding alles drauf ist ... Was soll denn der MDR über unser Altenheim berichtet haben? Und wann? Wartet
mal ... war das nicht vor vierzehn Tagen, als die paar
Leutchen in einer Woche gestorben sind? Ich kann
mich nicht mehr so genau erinnern. Aber das hat doch
keine Wogen geschlagen und hat auch nichts mit Emil
zu tun. Der war doch krank in der Zeit, genau, jetzt
weiss ich es wieder ... Meint ihr, der hat sich das sehr
zu Herzen genommen?“

„Na klar hat er das, Erika. Aber das hat doch alles
nichts miteinander zu tun ...“

„Und wenn er G A R nicht mehr zurück kommt ...?“ Simone warf unschuldigst ihre Frage in die Runde und
kniff dabei zuerst ihr rechtes und dann ihr linkes Auge
zu.

„Wieso sollte er nicht mehr zurückkommen, du spinnst doch ..."

„Okay, okay. Man darf ja wohl noch seine Meinung sagen. Ich geb eine Runde aus und schlage vor, wir schauen uns endlich mal den Bericht vom MDR an ..."

„Gib uns doch auch mal die Zeitungsartikel rüber, die haben wir noch gar nicht gesehen."

„Das wird dir alles ziemlich spanisch vorkommen, Kalle, aber du kannst ja Bildchen gucken."

„Blödsack, gib schon her. Mein Spanisch ist so gut wie deins. Boh, das nenn ich ne grandiose Beerdigung. Der helle Wahnsinn. Was für ein Blumenmeer, und einen offenen Sarg, in einer weissen Pferdekutsche. Wie Dornröschen. Nur dass die hier keine Prinzessin war, sondern Eigentümerin von ein paar Brauereien – was es nicht alles gibt. Ich hab ja immer gesagt, der Erich und die Margot sind nicht umsonst nach Chile ..."

„Zum Teufel mit dir, Kalle, jetzt halt doch einfach mal die Waffel und hör zu, was die Moderatorin sagt ..."

* * *

Aber leider war da wenig zu hören; die Tonqualität war so schlecht, dass sie versuchten, die Aufzeichnung in der Mediathek zu finden. Aber auch das ohne Erfolg.

„Dann lass uns wenigstens mal die Bilder schauen. Wir wissen ja, um was es geht. Leg los ... Horscht."

Thomas sass als Erster vor dem Grossbildschirm im Nebenzimmer vom *Wilden Kaiser,* wo sie sonst immer nur die Fussballspiele schauten. Er hatte das beste Gespür von allen. Und schliesslich hatte Emil ja gesagt, sie sollten sich auf eine Überraschung gefasst machen. Also war er jetzt im Dienstmodus:

Zuerst sah man ein wunderschönes Luftbild der Rhönwiesen mit drei kreisenden Rotmilanen; direkt im Anschluss eine Grossaufnahme des Städtchens mit der berühmten Brauerei, und dann die gepflegten Parkanlagen des Altersheims. Die überaus attraktive Reporterin vom MDR ging mit dem Oberbürgermeister, der Landrätin, dem Pastor und der Stellvertreterin von Emil, einer Frau Utzig, in eine festlich geschmückte Einsegnungshalle, in der mehrere Särge aufgebahrt waren. Die Kamera schwenkte von einem Sarg zum anderen. Alle waren sie gleich schön geschmückt. Weisse Lilien und viel grüner Asparagus. Jahreszeitengemäss und altersadäquat. Dann folgte die Kamera einer coronabedingt kleinen, aber dafür handverlesenen Trauergemeinschaft zum heimischen Friedhof unweit der Brauerei. Wieder ein idyllischer Schwenk vom Kameramann über blühende Rhön-Huten und zurück zu den weniger schönen, trostlosen Graböffnungen. Um die Stimmung wohl besonders traurig zu halten, streifte

die Kamera dann behutsam, aber intensiv, eine Grab-
stätte nach der anderen.

Und da passierte es – Thomas sprang wie von der Ta-
rantel gestochen auf und schrie Horscht an:

„Stop. Drück auf Stop. Habt ihr das nicht gesehen?
Lass zurück laufen, da stimmt was nicht."

„Was soll denn da nicht stimmen, bist du verrückt,
oder besoffen?"

„Jetzt mach schon ... vielleicht hab ich mich ja auch
vertan?"

Thomas ging so nah an den Bildschirm, dass die anderen laut protestierten.

"Mensch, du bist doch nicht aus Glas – geh uns aus
dem Bild ... da ist doch nichts ausser Gräber ... du bist
echt verrückt."

„Mach doch mal von vorne .... und zählt alle mit ..."

„Wie, was mitzählen? Die Leute?"

„Quatsch, doch nicht die Leute. Die Särge ..."

Und dann ging es los, im Chor:

„Eins, zwei, drei, vier, fünf, sechs, sieben, acht, neun ... ja, und ?

„Ja, neun. Wartet. Jetzt kommt es gleich. Jetzt kommen die Gräber – zählt alle noch mal mit ...“

„Eins, zwei, drei, vier, fünf, sechs, sieben, acht, neun ... oh, mein Gott ... zehn!“

„Wahnsinn .... wieso zehn? Lass nochmal zurücklaufen ...“

Aber die Summe blieb bei zehn Gräbern und neun Särgen.

„Vielleicht hatten die ja an dem Tag schon für einen anderen ausgehoben, der tags darauf beerdigt werden sollte ...“

„Aber doch nicht an der selben Stelle ... ich sag euch , da stimmt was nicht. Und dazu das Verschwinden von Emil und seiner Mutter. Da stinkt was gewaltig gegen den Himmel. Ich hab ein ganz blödes Gefühl.“

Alle schauten sie Thomas an, und keiner hatte mehr Lust zu trinken: weder Bier noch Schnaps. Und das sollte was heissen.

* * *

In den Tagen danach wurden zehn Gräber geöffnet. Thomas hatte einen Eil - Beschluss erwirkt. Die Identifizierung verlief problemlos: neun Heiminsassen, davon drei Männer und sechs Frauen. Und im zehnten Sarg lag Frau Habesam. Die eindeutig nicht an Alterschwäche, Bronchitis, Grippe oder Corona gestorben war, sondern als ein Opfer stumpfer Gewalt. Jemand hatte ihr mit grosser Wucht den Schädel zertrümmert.

Die nächsten Wochen spalteten die Stammtischler der Montagabendrunde mehr als jede andere Zeit. Mehr als vor und nach der Wende. Und auch das sollte was heissen. Thomas führte die eine Fraktion an; die, die sagten, dass Emil seine Mutter umgebracht habe und dafür bestraft werden müsse; egal, wo er jetzt gerade wäre. Und Thomas unterliess keine Gelegenheit zu prophezeien:

„Jeder Rhöner kommt irgendwann wieder zurück. Und dann werd ich da sein und ihn kriegen ...".

Die andere Fraktion wurde von Kalle angeführt, der meinte, Emil habe in grösster Verzweiflung, quasi in verspäteter Selbstverteidigung, sich endlich von seiner irren Mutter befreit und verdiene daher mildernde „Umschläge".

Aber wie immer kamen beide Lager trotz so einiger offenen Fragen am Ende zur üblichen geselligen Runde zusammen: Wie konnte Emil während des Reiseverbots nach Chile gekommen sein? Wie konnte es passieren, dass das zehnte Grab so lange unentdeckt geblieben war, und wieso sollte ausgerechnet Emil sie darauf aufmerksam machen, wo es doch offensichtlich bisher niemandem aufgefallen war?

Und dann passierte es:

Am Montag, dem 20. Juli 2020, um Punkt 19.30h, klingelte das Telefon in der wunderschönen Schankstube des *Wilden Kaiser* in Kano. Und da Horscht während der Stammtischrunde nicht immer sofort ans Telefon ging, sondern den Anrufbeantworter arbeiten liess, hörte zuerst Kalle, der gerade schon wieder auf dem Weg zum Pissoir war, die Stimme von Emil und wusste in Sekundenschnelle, was zu tun war.

„Mensch, Emil, was machst du nur für Sachen? Du kannst dich hier nicht blicken lassen! Thomas und seine ganze Truppe sind hinter dir her. Die sprechen von Auslieferung, und dass du in Chile gar nicht sicher bist ...“

„Ach, Kalle! Ich bin schon lange nicht mehr in Chile. Da, wo ich bin, gibt es kein Auslieferungsabkommen. Ich bin in Sicherheit. Aber war das nicht genial ... ich bin durch den Panamakanal im Containerschiff von Hamburg nach Valparaiso.

Und falls ihr euch fragt, warum keiner was gemerkt hat: ganz einfach - keiner hat hingeschaut.

Noch nicht mal in Frage gestellt, warum nicht die üblichen Bestatter sich um alles gekümmert hatten, die aus Kano, Meiningen oder Bad Salzungen. Ich habe an ALLES gedacht, sogar den Familien der neun alten Leute die Leistungen meines Freundes und langjährigen Lebensgefährten Willi Göring aus Würzburg vermittelt. Zu einem super Sparpreis. Blumenschmuck, Sarg, tröstende Worte, all inclusive!

Die Familie von Willi stammt übrigens aus Chile, wie du dir schon denken kannst, und DIE kannten sogar meine Tante. Ach ja, das hätte ich fast vergessen. Tantchen hat sich echt zum richtigen Zeitpunkt von dieser Welt verabschiedet. Da brauchte niemand mehr nachhelfen. Ausser mir gibt es Gott-sei-Dank keine Familienangehörigen. Sag das dem Thomas. Das ist mir wichtig: nicht, dass er denkt, ich hätte meine reiche Erbtante umgebracht. Versprich mir das, Kalle, ja? Da geht's mir um die Ehre!"

„Mensch Emil, du bist ein Genie. Klar, versteh ich das. Ich versteh ALLES! Du bist phantastisch ..."

„Danke, Kalle. Und - lass dich nicht unterkriegen. Du hast es auch nicht einfach. Schick mir irgenwann deinen IBAN und vergiss nicht den BIC. Wir Leute von früher müssen doch zusammenhalten, oder?"

„Warte Emil, warte, das glauben die mir nie ... wie kann ich dich erreichen? Warte ..."

Aber Emil hatte längst die Verbindung gekappt und sein Handy nebst SIM-Karte in eine Felsspalte auf Galapagos geworfen. Er und Willi Göring, der renommierteste Bestatter Unterfrankens, waren auf dem Weg zum Südpol.

Und danach - wer weiss, wohin ...

Epilog

Kalle wusste natürlich, was zu tun war. Er war nicht umsonst ein Anhänger alter Zeiten und Gebräuche. Wenn Thomas erst mal weg war, würden die anderen auch irgendwann aufhören zu suchen. Das war er seinem Freund Emil schuldig, Emil - der Einzige, der ihn je verstanden hatte.

Der elektrische Rollstuhl
oder
Eine fast wahre Geschichte

Heute vor 32 Jahren, auf den Tag genau, hatten Céline und ihr Bruder Edouard das Gespräch von Oma und Mutti belauscht. Ein Gespräch, das ihrer beider Leben mehr prägen sollte, als alles andere auf der Welt. Aber damals, mit knapp acht Jahren, konnte keiner von ihnen ahnen, welche Katastrophen das Schicksal, oder wer immer dafür zuständig ist, für sie bereithalten sollte.

„Céline, du bist schon wieder zu spät, und die Party ist in vollem Gang. Oma wird dir den Kopf abreissen, auch wenn wir heute vierzig werden."

Edouard, ihr Zwillingsbruder, war so anders als sie. Nicht nur äusserlich. Mit seinen 190 cm überragte er sie fast um einen halben Meter. Und trotzdem wirkte er viel zerbrechlicher. Während ihre honigbraunen Augen immer vor Lebensfreude und Humor blitzen, waren seine so tief und traurig wie ein dunkler See im Novemberregen.

„Wir werden uns doch von Oma und ihrer Laune nicht das Fest madig machen lassen, Eddi! Und du weisst doch, nur weil sie seit damals im Rollstuhl sitzt, braucht man sie noch lange nicht zu bedauern. Komm, mach nicht so ein bekümmertes Gesicht. Heute wird gefeiert."

Sie hatte mit Schwung ihren schnittigen Scooter neben all den grossen und kleinen Autos ihrer Freunde und Verwandten eingeparkt und schüttelte laut lachend ihre blonde Lockenpracht aus dem für sie so riesigen Sturzhelm.

„Wie siehst du denn aus?" schrie ihre Grossmutter schockiert, als sie Céline in ihrer Motorradzunft, von oben bis unten in schwarzem Leder mit Schal und Handschuhen erblickte. Aber ohne im geringsten auf sie zu achten, fing Céline an, sich langsam und genüsslich aus der hautengen Hose zu schälen.

„Bist du jetzt total verrückt geworden? Was machst du da? Du kannst dich doch nicht hier mitten auf dem Parkplatz ausziehen. Du benimmst dich ... wie ein ..."

„Ja - wie denn? Sag's schon. Wie ein Flittchen, ja?"

Céline wusste genau, wie sie ihr den Wind aus den Segeln nehmen konnte. Sie genoss den entsetzten Blick ihrer Grossmutter, die sie anstarrte, als müsste sie einen grossen Ekel verdrängen. Aber der verschlug es erst recht die Sprache, als sie sah, was unter der Motorradkluft alles verborgen war: ein in ihren Augen viel zu kurzes schwarz-weiss gepunktetes Miniröckchen und ein weisses trägerloses Spitzentop, das den Bauch-nabel grosszügigst frei liess.

„So, jetzt muss ich nur noch meine Stilettos anziehen, um nicht ganz so winzig neben dir zu stehen, Eddi, und dann kann es losgehen. Und du, Oma, kannst den Mund wieder zumachen."

Die Geburtstagsgesellschaft beklatschte das ungleiche Paar: Edouard, so blass, als würde er sich tagsüber im Keller verstecken, und Céline, braungebrannt, filigran und durchtrainiert wie ein viel zu klein geratenes Fotomodell.

„Ich bin so froh, dass du endlich da bist. Ich wollte schon wieder abhauen. Dieses ganze Fest … warum haben wir uns nur darauf eingelassen? Wenn Mutter wenigstens noch leben würde … aber auch dann. Wir hätten den anderen nicht nachgeben dürfen. Du machst dir doch auch nichts aus so einem Spektakel, oder?"

Edouard hielt sich ganz nah an Céline, aber nur ein ge-übtes Auge hätte erkennen können, dass die Frau auf den schwindelhohen Absätzen den Mann führte, und nicht umgekehrt.

„Da seid ihr ja endlich. Wir haben schon das halbe Buf-fet geplündert. Ihr habt uns zwar von Anfang an gesagt, dass ihr keine Überraschungsfeier wollt, aber dass ihr zu eurem eigenen Fest dann über eine Stunde zu spät kommt, ist irgendwie auch 'ne Überraschung. Jetzt seid ihr selber schuld, wenn es nur noch Reste gibt ...“

Trotzdem stimmten sie alle wohlgelaunt und stark alkoholisiert in das obligate Geburtstagsständchen ein: Happy birthday to you, joyeux anniversaire, zum Geburtstag viel Glück ...

* * *

Nachdem Céline sich gebührend über die riesige Geburtstagstorte gefreut und gemeinsam mit Eddi alle 40 Kerzen ausgeblasen hatte, war die Stimmung da, wo sie hingehörte: auf dem Höhepunkt. Alle waren begeistert, bis auf Oma. Aber die schien Céline heute noch mehr zu ignorieren als sonst schon. Oder war das nur gespielt?

„Macht doch mal einen Moment die Musik aus ... Eddi und ich wollen euch kurz was sagen ...“

„Bist du verrückt, Céline, ich kann das nicht. Ich halte keine Rede. Das kannst du nicht von mir verlangen ...“

„Keine Bange, Eddi, ich mach das schon. Du sollst nur neben mir stehen bleiben – und lach doch mal ein bisschen ...“

„Mir ist überhaupt nicht zum Lachen, und du weisst

auch, warum. Matthieu fehlt mir. Immer, aber heute ganz besonders. Und wenn ich nur Oma sehe, dann kommt alles wieder hoch..."

„Eddi, wir schaffen das. Wir zwei zusammen. Auch das. Ich mache es kurz. Aber es muss sein. Sonst könnte ich mir morgen beim Zähneputzen nicht ins Gesicht schauen."

Das ungleiche Paar hielt sich fest umschlungen, und Céline fing mit fester Stimme an zu reden:

„Liebe Freunde, liebe Familie,
Eddi und ich danken euch sehr für eure Idee, den heutigen Tag zu befeiern. Ihr habt das grandios inszeniert: excellentes Essen und Trinken aufgetischt – auf jeden Fall, die Reste waren lecker; wunderschöne Deko gebastelt; euch dazu in Schale geworfen und beste Laune mitgebracht.

Was für ein Fest. Niemand hat geladen und trotzdem sind alle gekommen: Freunde, Familie … aber, Moment mal, Eddi, fehlen da nicht ein paar wichtige Leute?»

Die kurze Atempause von Céline reichte Oma, sich lautstark einzumischen:

„Jetzt hör aber auf, Céline, das gehört nun wirklich nicht hierher ..."

Céline liess ein theatralisch spitzes Lachen hören, und

Eddi zuckte zusammen.

„Was heute, an unserem Festtag, hierher gehört, und was nicht, ist ja wohl unsere Sache. Wenn du es nicht hören willst, oder kannst – da ist die Tür ...“

Ein Raunen ging durch den Saal, aber Céline war bekannt für ihren Schneid; und dass sie sich nicht mit ihrer Grossmutter verstand, wusste hier auch jeder.

„Dann kann ich ja jetzt fortfahren: Wir möchten als erstes das Glas auf unsere Eltern heben, die uns vor einem Jahr genommen wurden. Ich bin selbst bei der Polizei, und wir wissen alle, dass Unfälle im Leben passieren und die beiden einfach nicht das Glück hatten, so wie andere ... ich will ja keine Namen nennen! Auf euch, Mama und Papa!“

Alle hoben ihr Glas, aber keinem war mehr zum Lachen und alle schauten sie in die falsche Richtung. Nicht zu den Zwillingen, sondern zu Oma.

"Und jetzt ein Toast auf Matthieu, von dessen Existenz nicht jeder hier im Raum weiss ...“

Aber bevor sie noch weitersprechen konnte, hörte man das laute Klirren von berstendem Glas auf den Steinfliesen und die eisige Stimme von Oma:

„Céline, das wagst du nicht ...“

„Und ob ich das wage. Auf diesen Tag haben Eddi und ich 32 Jahre gewartet. Nur schade, dass Mama und Papa das nicht miterleben können. Sie wären begeistert, oder was meinst du?"

„Du bist der leibhaftige Teufel, Céline. Edouard, nimm ihr das Mikrofon weg. Bring sie zum Schweigen. Du bist nicht wie sie. Du bist doch ein guter Junge ... du warst immer brav ..."

Aber Eddi wuchs an diesem Abend über sich hinaus. Tatsächlich nahm er seiner Schwester das Mikro aus der Hand, aber nicht, so wie Oma gehofft hatte, um es auszuschalten.

„Ja, liebe Freunde und Verwandte, heute ist ein besonderer Tag. Und genau deswegen haben Céline und ich uns vorgenommen, euch etwas mehr über uns zu erzählen. Dafür seid ihr doch da. Es geht doch alles heute um uns, oder nicht? Seit 40 Jahren fehlt uns nämlich jemand, oder etwas, und wir wussten lange nicht, wer, oder was. Und niemand erzählte uns die Wahrheit. Ich fühlte mich immer wie ein halbes Stück von einem ganzen: mutterseelenalleine! Und depressiv war ich schon vor meiner Geburt und nicht nur, seit ihr mich kennt. ..."

„Eddi, nun hör doch endlich auf. Ihr beide vergrault die Gäste. Spürt ihr nicht, dass niemand so was hören will, schon gar nicht an einem Feiertag? Ihr seid un-

möglich, wie kleine Kinder; genau: ihr seid – Spielver-
derber. Warum ist es denn so still hier? Kann sich nicht
mal jemand um Musik kümmern ? Ihr wollt doch bestimmt alle tanzen und Spass haben ..."

Aber da schrie Eddi schon ins Mikro:

*„Ihr wolltet uns eine Überraschungsfeier machen, und jetzt
sind WIR dran, euch zu überraschen. Haltet noch kurz
durch, und dann könnt ihr euch alle weiter amüsieren. Wo
war ich stehen geblieben, Oma? Warum hältst du dir denn
die Ohren zu? Du bist doch die einzige, die weiss, was jetzt
kommt. Und du musst doch aufpassen, dass wir das auch
richtig erzählen. Also, wo war ich stehengeblieben? Genau:
WARUM war Eddi trübselig, wie Oma immer so schön
sagte? Wir waren Drillinge. Mein Bruder und ich in einer
kuscheligen Höhle im Bauch unserer Mutter und Céline in
ihrer eigenen, daneben.*

*Aber Matthieu hatte nicht soviel Glück wie wir, nicht wahr,
Céline? Er ist nicht nur tot auf die Welt gekommen, nein, er
wurde totgeschwiegen, als hätte er nie existiert. Aber das hat
er. Neun schwere Monate lang hat er existiert. Mit mir ganz
eng zusammen und dann – an einem Tag wie heute, vor circa
40 Jahren, wurde er umgebracht. Und das, liebe Gäste, ist
jetzt unsere Überraschung für euch, wir verraten exclusiv,
heute und hier ... von wem er umgebracht wurde!"*

Und obwohl wieder ein lautes Raunen durch den Saal
ging, hörte man das schrille Quietschen der Räder von
Omas Rollstuhl, die sich fluchtartig auf den Ausgang

zubewegte.

„Das wird ein Nachspiel haben – ihr, ihr Monster ihr! Genau das hab ich eurer Mutter immer vorhergesagt. Aber die wollte ja nicht auf mich hören. Sie war doch selber schuld ..."

„Genau – darum geht es doch. Nur darum! Schuld ... Was bleibt einem denn anderes übrig, wenn man jahrein, jahraus, nein, was sage ich da, tagein, tagaus gepredigt bekommt, Schuld zu tragen. Schuld woran? Schuld am Leben? Schuld am Tod? Schuld, traurig zu sein? Schuld, zu lachen? Schuld, gross, klein, dick, schön oder hässlich zu sein? Wie hat Oma damals zu Mutti gesagt? Der Edouard hat sich auf die Nabelschnur von Matthieu gesetzt und ihm langsam die Luft abgedrückt. Bis er jämmerlich erstickte. Wir haben gehört, wie sie es zu Mutter gesagt hat: „Edouard hat seinen eigenen Bruder umgebracht." Und Mutter, nach der Eklampsie eh schon depressiv genug, hat ihr alles geglaubt. Und als Vater dann noch krank wurde, sahen sie keinen anderen Ausweg, als uns im Stich zu lassen und gegen den erstbesten Baum zu fahren. Immer dem guten Rat von Oma folgend, Hauptsache, jemand war schuld.

So, Céline, ich glaube wir sind durch. Die Idee, aus dem heutigen Tag ein riesen Spektakel zu machen, war eure. Noch mehr Feuerwerk gibt es nicht. Wir wünschen euch alles Gute und verabschieden uns ..."

Céline war die Einzige, die Beifall klatschte.

* * *

Als das Telefon klingelte, wusste sie, auch ohne die Melodie von Eddi zu hören, dass er es war. *We are the champions* passte überhaupt nicht zu ihm, und deswegen hatte er sie sich ausgesucht. Edouard war ein Widerspruch in sich selbst. Beide wussten es, und trotzdem hatte Céline nie aufgehört, sich um ihn zu kümmern. Die grässliche Geburtstagsfeier zu ihrem Vierzigsten war auf den Tag genau ein Jahr her. Wieder ein Jahr, in dem Eddi versucht hatte, sein verpfuschtes Leben in den Griff zu bekommen. Weder beruflich noch privat war es bei ihm je rund gelaufen. Céline hatte sich schon sehr früh versprochen, immer für ihn da zu sein. In guten wie in schlechten Zeiten, nur dass es für ihn keine guten gab. Zuerst lief es in der Schule fatal, dann in der Lehre, dann kamen die Drogen und der Alkohol. Irgendwann zeitgleich die falschen Frauen. Diese verrückte Rothaarige, von der er sich auspeitschen und was sonst noch für sado-maso Spielchen über sich ergehen liess – alles nur aus Schuldgefühlen. Wenigstens war er über diese Phase und über diese Tussi nun wirklich weg. Aber weder zu Männern noch zu Frauen hatte er es je geschafft, eine einigermassen normale Beziehung aufzubauen, geschweige denn zu halten. Entzug und andere Klinikaufenthalte lösten einander ab. Das war der Stand vor einem Jahr. Und trotz der fulminanten Rede, über die alle so schockiert gewesen waren, hatte er Céline versprochen, es noch einmal zu versuchen: 366 Tage – sein letzter Versuch, mit dem Leben zurecht zu kommen.

Und am Geburtstag wollten sie Bilanz ziehen. Genau um Mitternacht erklang seine Melodie ... *we are the champions of the world* ...

„Céline?"

„Ja ..."

„Hast du daran gedacht?"

„Klar, ich warte doch auf dich. Warum rufst du an? Wo bist du? Kommst du nicht vorbei? Ich habe uns was zum Essen gemacht. Eine Zwiebelsuppe, wie du sie magst, französisch mit viel Käse und Weissbrot ..."

„Ich bin noch bei der Arbeit. Wegen Corona haben wir Doppelschichten ..."

„Seit wann arbeitest du wieder?"

„Seit einem Monat. Die haben Leute gesucht, die sich mit den Maschinen auskennen ..."

„Heisst das, du bist wieder bei OGF ...?"

„Ja, das passt doch zu mir und meinem beschissenen kleinen Leben. In einer der grössten europäischen

Sargfabriken zu arbeiten. Was meinst du?"

„Na ja, Särge gehören irgendwie auch zum Leben, aber makaber ist es schon."

„Ich finde es total cool ... so oft, wie ich mir schon die Kugel geben wollte ..."

„Eddi, was soll das? Komm einfach her! Wir reden über alles. So wie geplant. Du hast gesagt, egal was geschieht, wir ziehen Bilanz – zusammen! Heute ..."

„Céline?"

„Ja ..."

„Wir haben eigentlich nie so richtig darüber gesprochen ... aber ..."

„Was willst du wissen, Eddi?"

„Ich weiss nicht, wie ich es sagen soll ... Oma ... was sie damals gesagt ... und wie sie Mama und Papa jahrelang drangsaliert hat ... "

„Ja, Eddi, sprich weiter ..."

„Ich finde, sie hat die beiden in den Tod getrieben. Mit ihren kryptischen Anspielungen, ihrem pseudoreligiösen und ach so moralischen Getue ... hast du dich nie gefragt, warum ausgerechnet sie den Autounfall überlebt hat? Céline, bist du noch dran?"

„Was hast du vor, Eddi? Das ist doch nichts Neues … warum heute, warum jetzt? Eddi, hörst du mir noch zu?"

Céline hörte entferntes Maschinenrauschen. Sie wusste, dass er seit seinem letzten Entzug nicht mehr bei den hochmodernen Spezialsägen arbeiten durfte, aber vielleicht im Polierraum oder der Verpackung.

„Eddi, hast du was genommen, geraucht, getrunken? Eddi ….?"

* * *

„Bist du etwa erschrocken, Schwesterherz ? Du hast doch selbst gesagt, dass wir Bilanz ziehen wollten; okay, nicht unbedingt am Telefon, aber so ist das nun mal. Das Leben ist voller Überraschungen, bis zum Schluss. Und jetzt kommt mein Ergebnis. Warum soll ICH mir die Kugel geben, oder mich in die Säge werfen? Ich finde, ich sollte es noch einmal versuchen. Ein Leben ohne Oma. Das muss doch möglich sein. Und wenn es dann immer noch nicht besser geht, kann ich mich auch später noch aus dem Verkehr ziehen. Aber nicht heute, oder, Oma …? Alter vor Schönheit!"

„Eddi, mach keinen Quatsch … Eddi, bleib dran.

Sprich mit mir ..."

„Ich glaube, es ist Zeit, sich von Oma zu verabschieden, Céline. Sie wird eine lange Reise antreten. Morgen früh schon. Die Portugiesen haben 500 Eichensärge Modell *Excelsior* bestellt. Und ich darf die Lieferung vorbereiten. Weisst du, da muss ich alle Särge überprüfen, ob die Deckel passen, die Innenausstattung sitzt und überhaupt. Gell, Oma. Das war doch schön gewesen, mal mit mir auf Arbeit zu gehen. Und jetzt wollen wir Céline nicht weiter belasten.

Ich meld mich morgen ... mach dir keine Sorgen ... und – nein, ich hab nichts geraucht und nichts getrunken ..."

„E d d i, leg nicht auf ..."

Aber die Leitung war schon tot.

Und Eddi ging in dieser Nacht auch nicht mehr ans Telefon. Céline schossen 1000 Möglichkeiten durch den Kopf: Sofort zur Sargfabrik fahren? Ihre Kollegen bei der Polizei anrufen? Freunde? Familie informieren? Den psychologischen Notdienst hinzuziehen? Ihren Hausarzt?

Und dann entschloss sie sich zur letzten Option: einfach nichts zu tun und den nächsten Tag abzuwarten.

* * *

Es war Sonntag. Und um 9h stand ein strahlender Eddi mit einer Tüte frischer Croissants und einer Flasche Sekt vor ihrer Tür – ohne Oma! Und er erzählte ihr, wie er den Rollstuhl an die Elektroleitung angeschlossen und Oma vom Leben in den Tod überführt hatte. Wie eine ordentliche Vollzugsbehörde. Danach hatte er keine Schwierigkeit, das kleine Häuflein Elend in einen blitzeblank sauberen, mit rotem Tuch ausgeschlagenen Sarg mit Kopfkissen zu legen und den Deckel zu schliessen. Er habe ihr bewusst kein Andenken mitgegeben, sonst wäre das mit dem Gewicht vielleicht aufgefallen.

Eddi ging es offensichtlich gut. Und so sollte es auch bleiben. Céline kam ganz kurz in ganz schwere Gewissenskonflikte, was ihren Beruf und ihr Privatleben betraf. Aber nur ganz kurz.

Genauso kurz, wie Eddi erschreckt wurde, als sein Abteilungsleiter ihn und seine Schichtkollegen informierte, dass es grosse Probleme mit der Eichensarg-Lieferung, Modell *Excelsior,* nach Portugal gegeben hätte.

Die Lieferung sei versehentlich, statt auf die iberische Halbinsel - nach Nigeria verschifft worden.

Epilog

Das war MEINE Geschichte von Céline.

Das wirkliche Leben hat Céline anders mitgespielt. Ihre Mutter hatte tatsächlich zuerst Drillinge und danach noch einmal Zwillinge zur Welt gebracht. Edouard hat den Tod seines Bruders und die Schuld, die seine Grossmutter ihm daran gegeben hatte, nicht überlebt und sich vor sechs Jahren erschossen. Nach einem langen Telefonat mit seiner Schwester, die ihn nicht am Leben halten konnte... Sogar seine sado-maso Freundin existierte; ob sie rothaarig war, weiss ich allerdings nicht!

Vor zwei Jahren hat Célines Schwester Sabine ihren schweren Kampf gegen den Krebs verloren.

Céline hat erfolgreich eine Therapie absolviert. Und ist dank ihres positiven, heiteren Gemüts und dem Restbestand ihrer Familie wieder glücklich geworden.

Céline ist meine Freundin.

Der Küchenschlacht-Mörder
oder
Zu viel ist zu viel!

Es war im Frühjahr 2020.

Die Corona-Pandemie hatte Deutschland wie ein Tsunami überrollt. Die Zahl der Infizierten und Toten stieg beängstigend an, wenn auch nicht so dramatisch wie in Italien, Spanien oder England. Dank radikaler Schutzmassnahmen sank dann die Reproduktionszahl von 2,2% im März auf nun 1,2%.

Alle Bereiche des täglichen Lebens waren betroffen: Wirtschaft, Politik, Religion, Bildung, Wissenschaft, Sport und, last but not least, eines der kulturellen Highlights in Deutschland: Die Küchenschlacht.

Für die wenigen Menschen in der Republik, die diese Sendung nicht kennen sollten, hilft, wie so oft in unserer digitalen Zeit, das Internet weiter und erklärt, dass es sich hierbei um eine Art Ausscheidungswettkampf handelt, in dem unter normalen Umständen je Sendewoche sechs Hobbyköche gegeneinander antreten. Montags kochen die Kandidaten ihr Lieblingsgericht, dienstags eine Vorspeise, mittwochs eine Hauptspeise, am Donnerstag im Vorfinale Haupt- und Nachspeise und am Freitag ein Gericht nach Rezept des jeweils moderierenden prominenten Kochs. Am Ende jeder Sendung entscheidet ein weiterer TV-Koch, natürlich auch bekannt oder besternt, in einer Verkostung, welcher der Kandidaten auszuscheiden hat. Die Übriggebliebenen treten am nächsten Tag erneut gegeneinander an.

Was viele Menschen nicht wissen, ist, dass die Fernsehmacher in Hamburg pro Aufzeichnungsstaffel an fünf oder sechs aufeinander folgenden Tagen die Sendungen für bis zu fünf Ausstrahlungswochen aufzeichnen und teils Wochen später erst senden. Und dass zwischen den Aufzeichnungen für zwei Sendetage oft nur etwa eine Stunde liegt.

Aber Dayyan wusste das alles sehr genau und kannte sich aus in den Studios. Er arbeitete nun schon über zwei Jahre hier, und es gefiel ihm eigentlich ganz gut.

Das heisst, die Arbeit als Kameramann:

Supermoderne Geräte mit Intercom und allem drum und dran, klasse Arbeitszeiten, tolles Team. Nur mit dem Inhalt der Sendungen, zu denen er eingeteilt wurde, hatte er manchmal Probleme. Aber wozu sich aufregen? Man durfte nicht zu viel erwarten von einem geschenkten Leben. Er freute sich jeden Tag aufs Neue, seinen damals noch in Aleppo erlernten Beruf in Deutschland überhaupt ausüben zu können. Sein Vater war Arzt gewesen und hatte sogar einen Bruder in der Schweiz gehabt, der nun auch schon tot war; aber dank der Familie hatten Dayyan und seine Geschwister früh deutsch und sogar englisch gelernt. Darauf und auf Vieles mehr hatte sein Vater Wert gelegt. Auch dass man Andersgläubigen gegenüber tolerant sein soll, und überhaupt. Er hatte gelernt, den Koran so zu lesen wie sein Vater es von seinem Vater gelernt hatte, und nicht so, wie einige seiner viel zu orthodox lebenden Freunde aus der Moschee. Dayyan wusste, was sein Name bedeutete und er wollte, dass seine Familie stolz auf ihn sein sollte: Dayyan, der Gerechte, der Belohnende. Er war für sie alle da, und das machte ihn glücklich. So glücklich, dass er sich an guten Tagen sogar zutraute, seinen Traum zu verwirklichen: Videojournalist zu werden, und vielleicht sogar berühmt.

* * *

Seit Ende März musste natürlich auch die Küchenschlacht ohne Publikum und mit dem nötigen Abstand sich an die Auflagen der Coronakrise halten. Aber das funktionierte toll: Statt, wie gewohnt, sechs Hobbyköche pro Woche, traten nun drei Profiköche an. Der Juror, ebenfalls ein Spitzenkoch, hatte drei Punkte für das beste Gericht zu vergeben, zwei für den Zweitplatzierten und einen für den Drittplatzierten. Am Ende der Woche wurde der Koch mit den meisten Punkten zum Sieger gekürt und erhielt 3000 Euro, die er für einen guten Zweck spendete. Um das Spiel noch pikanter und für die TV-Zuschauer aufregender zu gestalten, gab es zwei Neuerungen: die Punktezahl am Freitag konnte verdoppelt werden, und am Donnerstag durfte ein weiterer Spitzenkoch den jeweiligen Kandidaten per Videozuschaltung ein Dessertrezept aus seiner Feder vorgeben, das es galt, mit einem Hauptgericht in den üblichen 35 Minuten zu einem kulinarischen Höhepunkt zu bringen.

„Kannst du mir das vielleicht nochmal erklären?" fragte Kommissar Enderlein seine Frau nun zum dritten Mal und stellte die Aufzeichnung wieder zurück auf Start.

Madeleine war gebürtige Französin und eine passionierte Küchenschlacht-Zuschauerin. Und er war sich sicher, sie kannte seine Verdächtigen in diesem Mordfall besser als ihre eigenen Kinder, wenn sie denn welche gehabt hätten.

„Also der mit den roten Haaren, das ist der Zweisternekoch, Xavier Posch aus Hamburg. Der hat zwei Restaurants in der Innenstadt *„Les amis de Bocuse"*, und das *„Tablier rouge"* und ist sooo sympathisch; der mit dem Schnurrbart wie d'Artagnan, der Werner Graub, ist auch ein Zweisternekoch, und der kommt aus Süddeutschland. Der hat letztes Jahr durch einen Autounfall fast seinen Partner verloren. Und hat sich eine Auszeit genommen, bis der wieder fit war. Die haben auch ein Restaurant. *„Das goldgelbe Knöpfle"*, von dem hast du doch bestimmt auch schon gehört, oder? Sein

Freund sitzt jetzt im Rollstuhl, schreibt aber ein Kochbuch nach dem anderen. Alles Bestseller. Wir haben auch ein paar. Die Irmi Strudel, die ist ja auch so eine ganz Liebe. Da merkt man sofort, dass die aus einer grossen Familie kommt, selbst Kinder hat, exquisit, international und bodenständig kochen kann, aber im Vergleich zu einigen anderen Sterneköchen mit den Füssen auf der Erde geblieben ist. Tolle Frau. Die hat echt Schneid. Die hat sogar ein Restaurant auf Madeira, ich glaube da kommt auch ihr Mann her. Pardon, Schatz, aber da fehlt mir jetzt gerade der Name ..."

Enderlein lächelte seiner Frau aufmunternd zu. Madeleine hatte ihm schon so oft geholfen, und er verliess sich hundertprozent auf ihre Beobachtungsgabe. Das einzige Problem für ihn war, er musste sich immer wieder in Geduld üben, denn Madeleine hatte die Gewohnheit, von einem wichtigen zu drei weniger wichtigen Punkten zu springen, und das ganz schnell. Nur wusste man am Anfang halt nie so genau, was wichtig war und was nicht. Auch wiederholten sich einige ihrer Gedanken manchmal. Was auch nicht immer schlecht war. Denn meistens waren genau diese die Wichtigsten. Sie waren nach 30 Jahren ein eingespieltes Team. Madeleine, die nah am Wasser gebaut war, musste einen Todesfall erst seelisch verarbeiten. Und so gehörte auch das schon zur Routine: Sie putzte sich laut die Nase, wischte sich eine kleine Träne aus dem Augenwinkel und legte die Taschentücher bereit. Er stopfte sich in aller Ruhe seine Pfeife, froh, dass seine

Frau nie was gegen seine Raucherei einzuwenden hatte, legte die Beine auf den Couchtisch und schlug das kleine schwarze Notizbuch auf. Beide wussten, dass es jetzt losging, und dass es lange dauern würde.

* * *

„Wenn ich an den armen Heinz Raster denke, kommen mir sofort die Tränen. Der hat die Moderation immer besonders schön gemacht. Weisst du, die sind ja alle top. Aber gerade er hatte so eine besonders menschliche Art, man könnte sagen, wie jemand, der schon mal mit grossen Problemen im Leben zu kämpfen hatte. So … wie soll ich sagen, … cool bei Kleinigkeiten, die andere Leute durchaus auf die Palme bringen würden. Genau so einer war der. Immer hilfsbereit, immer verständnisvoll, nie auch nur einen Funken Arroganz oder Überheblichkeit."

Enderlein räusperte sich, wie immer, wenn Madeleine Gefahr lief, sich mal wieder im vollen Schwung ihrer südfranzösischen Begeisterung davontragen zu lassen.

„Du hast gestern gesagt, irgendwas mit der Stimmung sei dir aufgefallen. Meinst du damit, eine andere Stimmung als am Tag zuvor, also am Mittwoch? Oder anders als vor Corona? Lass dir ruhig Zeit … Was hast du beobachtet? Was genau?"

„Am Donnerstag war er anders. Von Anfang an. Nicht

nur, nicht gut drauf. Hier, für einen Laien natürlich kaum zu erkennen.

Lass mal zurücklaufen.
Genau, hier. Nervös, fahrig, findest du nicht?

Er hat also gerade SEIN Gericht vorgestellt.

Als Moderator kocht er nämlich auch was. Aber nicht in Konkurrenz zu den anderen. Mehr für die Show. Und wegen Corona und den vielen Frauen, die zu Hause sich um Essen, Kinder UND ihr Homeoffice kümmern müssen, hatte er was Einfaches, zum schnell und unkompliziert Nachmachen ausgesucht.

Und dann passieren ihm SOLCHE Fehler. Schau mal, wie er das Messer hält – wenn ich es nicht besser wüsste, würde ich sagen, wie ein Anfänger – schludrig, zerstreut.

Und hier, er zittert sogar ein bisschen. Dazu das Zucken im rechten Augenwinkel. Ich frag mich eh, warum der Kameramann oder Regisseur die Einstellung so gewählt hat. Okay, nicht jeder schaut in diesem Moment hoch ins Gesicht; ich hab an dem bewussten Tag bestimmt auch aufs Schneidebrett geschaut.

Aber siehst du, da passiert es wieder:

Die Kamera schwenkt ganz schnell weg. Hast du gemerkt, wie kurz die Einstellung war?

Erst jetzt geht es wieder normal weiter. Und wir sehen die anderen Köche in Grossaufnahme ... aber normal ist der falsche Ausdruck. An dem Donnerstag war einfach nichts normal. Die drei Kandidaten sind ganz schön am Rödeln wegen dem Nachtisch, versuchen, souverän zu bleiben, trotz der üblichen Hektik, die ja auch dazu gehört. Schau dir den Unterschied zwischen Augen und Mundwinkel an, hier die Irmi macht so, als würde sie schmunzeln, aber die Augen sagen was ganz anderes. Und ähnlich beim Posch, nur dass der noch nicht mal schmunzelt. Kannst du's auch spüren? Das ist keine Einbildung: Es knistert förmlich im Showraum - als wären da 1000 Volt in der Luft ..."

Madeleine schlug sich erschrocken die Hand vor den Mund und murmelte mit tränenerstickter Stimme.

„Es war bestimmt ein Unfall. Ganz bestimmt. Stromschlag am Herd. So was kann doch passieren, oder ...?"

Enderlein, der schon drei Seiten vollgekritzelt hatte, strich ihr leicht über die Wange; er wusste doch, die Küchenschlacht, war ihre zweite Familie. Und deswegen traute sie ja auch keinem der heissgeliebten Köche einen Mord zu. Aber er, Enderlein, wusste nur zu gut, dass die meisten Gewaltverbrechen genau dort stattfanden: im engsten Kreise unserer Lieben!

„Schatz, wir haben alle Zeit der Welt. Ich geniesse es, endlich auch mal von zu Hause arbeiten zu können. Wir gehen alles haarklein, Schritt für Schritt NOCHMAL durch. WAS war anders?"

„Ich verstehe genau, was du meinst. Es war natürlich ALLES anders, als früher. Die Stimmung war, sagen wir mal, ... coronalastig ... steif, gekünstelt. Aber das legte sich eigentlich nach den ersten 10 Minuten. Wie soll ich das erklären? Ich weiss, dass du Fakten suchst. Aber du hast auch gesagt, du willst Details. Ich hab das Gefühl, dass es bei diesem Fall noch mehr als sonst um das geht, was man nicht auf den ersten Blick sieht. Und da könnte auch das Innerste wichtig sein, das, was uns jeden Tag antreibt. Das, was noch nicht mal der Person selbst bewusst ist..."

Enderlein nickte zwar nachdenklich, aber Madeleine spürte, dass er sie nicht verstanden hatte:

„Dann sollten wir zurück zum Offensichtlichen. Zum Beispiel, dem Abstand. Ich glaube, dass der bei der ganzen Sache eine wichtige Rolle spielt. Also wieder von Vorne:

Die Kamera liefert genau hier, in diesem Moment, den Zuschauern zu Hause das perfekte Bild: dass nämlich alles korrekt und nach Coronaregeln abläuft. Man sieht, dass es keine Live-Zuschauer gibt.

Der Abstand zwischen den Kandidaten ist genau abgemessen. Und ganz wichtig, der Platz für den Herd vom Moderator wurde gewechselt. Technisch gesehen musste ein neuer Herd installiert werden. Er hat die grösste Distanz zu allen anderen. A propos: Schau dir den Moderator ganz genau an; wie verwirrt er ist. Er merkt jetzt schon, dass was mit dem Herd nicht stimmt. Vielleicht ist er ihm nur ungewohnt. Wie euer Team ja schon festgestellt hat, hat das Ding zu dem Zeitpunkt normal funktioniert. Sonst hätte er ja gleich den Schlag bekommen. Aber schau dir seine Irritation an: das Lachen ist nicht so wie sonst. Auf dem Laptop hab ich dir hier zum Vergleich die Sendung mit ihm vor einem Monat hochgeladen. Schau – so sieht ein entspannter *Raster* aus. Und am Donnerstag, siehst du, um die Augen und sogar um den Mund? Er zieht den rechten Mundwinkel ganz leicht nach unten.

Und dann versucht er, das zu überspielen und Normalität rein zu kriegen:

Er stellt das Tagesmotto vor: *Mediterrane Küche.*
Dann per Video den Koch aus Luxemburg, den Xavier Petit Pois, der ja wegen Corona nicht kommen kann, aber das Rezept fürs Dessert vorgegeben hat.

Wohlgemerkt: die drei Kandidaten wissen zeitlich „vor" uns, vor den TV Zuschauern, was sie heute abliefern sollen. Und trotzdem fängt JETZT die Stimmungsschwankung an. Schau dir mal die Stirn vom

Werner Graub an. Du sagst doch immer, ich mache einen Elefanten, wenn ich die Stirn so in Falten leg. Aber holla, der Graub kann das viel besser als ich. Und auf die Frage, wie sie alle drei damit zurecht kommen, sagen sie zwar alle, es sei nicht leicht, aber in Wirklichkeit – da, die Fältchen um die Augen bei der Irmi Strudel: siehst du, wie die zucken.

Da ist mehr dahinter.

Alle, die wir hier sehen, stehen unter immensem Druck. Ihre Restaurants sind zu, die Lieferketten unterbrochen, Angestellte in Kurzarbeit. Vom Arbeitstempo her ist es, wie aus einem Überschallflugzeug in die Pferdekutsche zu fallen, wenn die jetzt nur für Kind und Kegel zu Hause kochen. Nicht nur an einem Tag, sondern wochenlang. Ganz abgesehen von dem Verdienstausfall.

Und dann kommt durch den Ausscheidungskampf der Profi-Küchenschlacht noch ein ganz anderer Trigger hinzu: Alle drei wollen doch zeigen, wie gut sie sind. Und das sind sie ja auch. Die an diesem Donnerstag haben ALLE zwei Sterne. Aber auch für die ist es wie eine Prüfung, eine vor Millionen Zuschauern. Da will doch niemand den Kürzeren ziehen! Da geht's auch um's Ego!

Weisst du jetzt, was ich vorhin gemeint habe, mit dem,

was man nicht sieht, und was jedem Einzelnen vielleicht auch vorher gar nicht SO bewusst war: wie und
in welche Richtung diese Extrem-Situation ihn oder sie,
triggern kann. Das kann ganz unerwartet und plötzlich
passieren. Wie der berühmte Blitz aus heiterem Himmel."

* * *

„Hier, an der Einstellung kannst du es wieder sehen.
Die haben sich alle mords geärgert. Zuerst alle über
was anderes. Dem einen fehlte ein Ei, dem anderen die
Reibe, und dann ging der Siphon nicht. Danach haben
sie sich alle über das aufwendige Rezept für den Nachtisch, sprich über den Xavier Petit Pois geärgert, aber
in unterschiedlicher Intensität.

Es hat eindeutig mit Stimmung und Abstand zu tun.
Wir müssen es uns noch mal anschauen. Es hat sich
aufgebaut. Von Anfang an .... wir hatten nur die ganze
Zeit eine falsche Perspektive. Wie alle Zuschauer. Auch
eure Techniker. Da ist ein Profi am Werk gewesen. Jemand, der sich mit Perspektiven auskennt. Jetzt bin ich
mir ganz sicher: Euer Täter kommt nicht von innen,
sondern von aussen."

Enderlein wäre vor Aufregung fast an seiner eigenen
Qualmerei erstickt:

(*Hustet*) „Harrrgh, harrgh, harrrgh... Das musst du mir

erklären. Wie kann das sein? Unsere Techniker, mein ganzes Team, wir haben uns die Aufzeichnungen x-mal angesehen, du … du bist … du bist einfach genial!"

Er blätterte aufgeregt in seinem altmodischen Notizbuch, bis er die Stelle fand.

„Genau, das macht Sinn. Das passt zu der Aussage von dem …"

Aber genau das durfte er seiner Frau nicht sagen. Und Madeleine konnte damit leben. Sie wusste genau, dass ihr Mann hart am Wind segelte, wenn er mit ihr seine Fälle besprach.

„Ich mach uns dann mal was zu essen. Sonst schlägt auch bei mir irgendwann die Stimmung um … und danach sollten wir uns den Donnerstag ein allerletztes Mal anschauen, um ganz sicher zu sein, was meinst du?"

Enderlein nickte nachdenklich und griff zum Telefon.

* * *

„Dass überhaupt gedreht werden durfte, Herr Kommissar. Ich war schockiert! So viel war doch verboten: Fussball, Gottesdienste; nur die wichtigsten Arzttermine durften sein; keine Familienbesuche und das im Ramadan; Schulen und Kitas – alles zu. Nur nicht die

Küchenschlacht!"

Dayyan blickte sich verzweifelt um, griff zum Wasserglas, schüttelte den Kopf und stellte es wieder hin:

„Ramadan ..."

Enderlein sass nun schon über eine Stunde dem sympathischen Syrer gegenüber, der ihn nicht nur durch sein perfektes Deutsch beeindruckte. Was musste der arme Kerl in den letzten Wochen bei den Dreharbeiten gelitten haben: Weder trinken noch essen zu dürfen, und dann die Küchenschlacht abdrehen zu müssen. Er war sich nicht sicher, zu welcher Straftat ER fähig gewesen wäre. Mundraub auf jeden Fall!

„Herr Abdal-Tamer, Sie haben ein Geständnis abgelegt, haben keine Vorstrafen, das kann sich strafmindernd auswirken ..."

Aber Dayyan schien ihm gar nicht zuzuhören.

„Ich hätte nie gedacht, dass man sogar in Europa so schnell sterben kann, ich meine jetzt, abgesehen von Unfällen. Dass so schnell schlimme Zeiten anbrechen können. Für mich war immer klar: schlimmer als Syrien geht nicht. Aber jetzt ist für mich und meine Familie die Gefahr, in Deutschland ums Leben zu kommen, so realistisch geworden. Wir haben Angst. Angst vor dem Virus. Angst vor dem Tod. Mein Onkel ist daran gestorben. Vor drei Wochen; in einem Altenheim in der Schweiz. Ich habe Angst, auch noch den Rest meiner Familie zu verlieren, meine Mutter, meine Schwestern. Meine Zukunft ..."

Enderlein blätterte in seiner Akte. Irgendetwas hatte er übersehen.

Irgendetwas passte nicht zusammen. Sollte Madeleine Recht haben, und es war immer noch nicht die richtige Perspektive? Er unterbrach die Sitzung und hörte sich die Aufzeichnung von Herrn Abdal-Tamer noch einmal an:

„Es hat sich aufgebaut ... Ganz langsam. Von Anfang an. Seit ich dort arbeite, finde ich es dekadent, welchen Stellenwert das Essen einnimmt. Ich muss mit der Kamera ja immer ganz nah ran. Fast in den Herd klettern. Wissen Sie, ich bin ein guter Moslem. Ein guter Mensch für meine Familie. Aber am falschen Platz. Wenn ich nur schon höre „Surf and Turf". Warum nicht Fisch oder Fleisch? Und dann immer „zwei punkt null". Dieser Überfluss!

Diese Verschwendung! Und gleichzeitig sind Millionen Menschen am Verhungern! Das ist zu viel ... Einfach zu viel. Ich habe versucht, aus der Serie rauszukommen, ohne den Job zu verlieren. Habe mit dem Regisseur gesprochen, der mir von Anfang an geholfen hat. Er war es doch, der mich immer protegiert hat; der

Einzige, der mich verstanden hat. Aber er wollte mich nicht gehen lassen. Er meinte, ich sei ein Naturtalent hinter der Kamera, und er habe noch grosse Dinge mit mir vor.

Aber dann wurde es immer schlimmer. Und seit Corona hab ich rot gesehen. Habe versucht, sie alle gegeneinander auszuspielen, kleine technische Pannen provoziert. Und dann, am Donnerstag, war die Spannung auf dem Höhepunkt ... ich kenne mich aus mit Strom. Es war ein Leichtes, den Herd zu manipulieren."

Enderlein schlug mit der flachen Hand auf den Tisch:

Zu viel, einfach zu viel. Zu viel Worte. Zu viel Gefühl. Zu viel tote Winkel. Zu viel Durcheinander.

Er musste raus. Irgendwohin, wo er in Ruhe seine Pfeife rauchen und nachdenken konnte. Sollte Madeleine tatsächlich recht haben? Aber wie konnte er es beweisen? Das mit der Perspektive alleine reichte dem Staatsanwalt auf keinen Fall.

* * *

Er erinnerte sich nur vage.

Es konnte nicht länger her sein als ein paar Tage. Es

war nichts, was er gehört hatte, sondern was Schriftliches. Er hatte es überflogen. Warum nur überflogen?

Genau, jetzt fiel es ihm wieder ein.

Es war nicht getippt. Er konnte die Schrift nicht gleich entziffern. Aber sein Gefühl sagte ihm heute, dass es zu der Theorie von Madeleine passen könnte. Er durchstöberte den dicken Aktenordner zum x-ten Mal. Es war was Handschriftliches, da war er sich jetzt sicher. Und dann fand er es. Ein Post-it. Eine unscheinbare Notiz vom alten Wachtmeister Karlov, der als erster am Tatort war:

Regisseur Karl Säftel will zu Protokoll geben, dass ihm alles zu viel wurde. Zu viel von allem: Zu viel Stress. Zu viel Verantwortung. Zu viel Prominenz, zu viel Anspruch. Zu viel Druck wegen der Einschaltquoten. Zu viel Stimmung. Zu viel Material. Zu viel Essen. Zu viel Aufwand. Zu viel Abstand. Zu viel Konkurrenzkampf. Zu viel Alles.

Aber vor allem zu viel Mitbestimmung der Moderatoren. Und überhaupt: Zuviel Moderatoren … Was heisst das für die Küchenschlacht? Ganz einfach: zu viele Köche!

Randnotiz von Karlov:

Herr Säftel verliert das Gleichgewicht, fragt nach einem Glas Wasser und nimmt drei Pillen der Marke Euplix ein; auf Nachfrage ein harmloses Nahrungsergänzungsmittel.

„Bitte noch eine letzte Frage, Herr Kommissar. Wie kamen Sie nach all den Umwegen aber dann letztlich doch darauf, dass es nicht der Kameramann war, sondern der Regisseur?"

„Wir haben hervorragende Profiler, Psychologen und Techniker im Team. Was es uns dieses Mal so schwierig gemacht hat, war, dass der Hauptverdächtige, Herr Dayyan Abdal-Tamer, aus falsch verstandener Loyalität und Dankbarkeit seinem Regisseur gegenüber die Schuld auf sich nehmen wollte. Weil er nach seinem Glauben schuldig war; in Gedanken hatte er die Sendung schon oft sabotiert. Bis zum Äussersten.

In diesem Fall ging es von Anfang an um Perspektiven. Dem menschlichen Auge kann man viel vormachen. Wir waren ja unter Profis, nicht nur am Herd, sondern auch, was die Kameraführung und Regie betraf. Es ist ein wenig wie der alte Kartenspielertrick. Allein die Tatsache, dass bei dieser Sendung allen vorgespielt wird, dass wir jeden Tag der Woche eine Live-Show sehen.

Wenn wir also unseren Mord auf Donnerstag, den Tag mit Hauptgericht und Dessertstress legen, heisst das natürlich nicht, dass der Mord am Donnerstag begannen wurde. Klar, werden sie jetzt sagen. Selbstverständlich. Aber, dass zwischen dem Abdrehen der angeblichen Wochentage mindestens eine Stunde frei bleibt, um eine harmlose Zigarette zu rauchen, oder aber eine tödliche Manipulation an einem Elektroherd vornehmen zu können, wissen die Wenigsten.

Wir sind alle leicht zu manipulieren.

So erkennt man zum Beispiel, in einer klitzekleinen Einstellung, wir sprechen hier von Sekundenbruchteilen, dass unser Opfer, Heinz Raster, in eine absolut unwahrscheinliche Richtung schaut.

Kaum zu realisieren für ein ungeschultes menschliches Auge. Und das mit Todesangst. Erst bei der Rekonstruktion des Falles wurde klar, dass der schockierte Ausdruck dem Regisseur galt. Der Moderator hat gemerkt, dass trotz Pause eine Kamera lief: das rote Licht blinkte. Hier, in dieser Sequenz genau zu sehen, wenn man denn darauf achtet. Das war nichts anderes als die Lebensversicherung von Dayyan Abdal-Tamer. Der zwar bereit war, die Schuld auf sich zu nehmen, aber nur dann, wenn Säftel auch sein Versprechen, sich während der Gefängnisstrafe von Dayyan um die Familie seines Protégé zu kümmern, einhalten würde.

Nach dem Zusammenbruch von Herrn Säftel konnte Dayyan sich dessen nicht mehr sicher sein. Herr Säftel hatte ihm und allen anderen am Set einen gesunden

Menschen vorgespielt, der er in Wirklichkeit schon lange nicht mehr war. Ob Burnout oder Borderline oder noch was anderes, werden andere Experten feststellen müssen.

Wir können ihnen nur so viel sagen, dass Herr Säftel erklärt hat, dass ihm seit Monaten ALLES zuviel wurde. Und die Schuld daran hatten in seinen Augen die jeweiligen Moderatoren der Küchenschlacht. Herr Raster sollte das erste Opfer sein ... und in der Person seines Kameramanns hatte er sich einen perfekt dankbaren Freund ausgesucht, der aus moralischen Gründen bereit gewesen wäre, die Schuld auf sich zu nehmen.

Wenn dieser sich nicht zu allerletzt doch noch eines Besseren besonnen und mit der Polizei zusammengearbeitet hätte, ja, wie soll ich sagen, dann hätten wir vielleicht noch ein paar tote Starköche mehr.

Epilog

Dayyan wurde durch die medialen Berichterstattungen über seine Rolle in dem spektakulären Fall über Nacht berühmt. Und bekam schneller als gedacht seine Chance als Videojournalist.

Kommissar Enderlein, der wie immer nach einem erfolgreich abgeschlossenen Fall seiner Frau für ihre unschätzbare Mitarbeit im Hintergrund der Ermittlungen danken wollte, erwartete an diesem Abend jedoch die letzte Überraschung in diesem Fall:

„Nein, Liebling, dieses Mal weder Wellness-Wochenende noch Sternerestaurant; dieses Mal wünsche ich mir was ganz anders:

Ich wünsche mir,
dass du mit dem Rauchen aufhörst:

Zu viel - ist zu viel!"

Mord nach Rezept
oder
Es gibt Dinge zwischen Himmel und Erde …

… und es gibt Landschaften auf der Welt, die verrückte Geschichten anziehen, wie Kühe die Fliegen, oder umgekehrt. Egal!

Meine Geschichte spielt in einer der schönsten Gegenden, die ich bisher kennenlernen durfte – im Land der offenen Fernen. Im Dreiländereck, wo die thüringische Rhön der hessischen und fränkischen so nahe kommt, dass sie sich an einem Ort namens Katzenstein alle drei in die Augen sehen können – zumindest am Horizont.

Felix hatte sich sofort in das Anwesen verliebt. Was nicht jeder verstand. Vor allem nicht die, die die Geschichte vom Katzenstein kannten. Die Leute aus Kano, aus Diedorf, und die aus Dermbach, aber auch die aus Fischbach, Klings, Föhlritz, Brunnhartshausen, Zella und auch die aus dem Fledermausdorf. Aber für Felix war halt alles neu.

Vielleicht sollte ich euch zuerst einmal Felix vorstellen: Ich hab' ihn damals an der Uni in Würzburg kennengelernt. Er studierte Sozialgeschichte, und ich Psychologie. Aber was heisst schon kennengelernt? Er war mir aufgefallen. In der Mensa. Er überragte den Durchschnitt der sich vor den Futtertrögen drängelnden Studentenschaft um gut 10 Zentimeter. Und hatte eine Haarmähne wie Einstein – nur in rot. Woraufhin man ihn auch den roten Albert nannte, wie ich später erfuhr. Und nicht nur wegen seiner roten Haare.

Zum richtig Kennenlernen ist es eigentlich nie gekommen. Auch weil er just an dem Tag, an dem ich endlich den Mut fand, mich mit meiner Spaghetti Bolo zu ihm zu setzen, meinte, Psychologie sei ja auch nur so ein Modefach, und Freud endlich als falscher Prophet enttarnt. Was kann ich euch noch sagen über Felix, ausser dass er sich gerne unbeliebt machte? Tolle Augen hatte er. Grün, eigentlich sehr selten, vor allem bei Männern, wie ich mittlerweile gelernt habe. Dann war da so ein jungenhaftes, charmantes Grinsen. Kurz: Er konnte sagen, was er wollte, lächelte dich an und du merktest seine Unverschämtheit, wenn überhaupt, dann erst Minuten später. Zu meiner Schande muss ich gestehen, dass er mir verdammt gut gefallen hat, aber ich ihm wohl überhaupt nicht.

So war es auch nicht weiter erstaunlich, dass er mich nicht wiedererkannte, als wir uns mehr als 20 Jahre später wiedertreffen sollten. Und zwar in der thüringischen Rhön. Ich lebe und praktiziere nämlich seit meiner Rückkehr aus den Vereinigten Staaten in Basel. Und kam in diesem Sommer ausnahmsweise zum grossen Geburtstag meiner Stiefmutter, zu der ich eigentlich nie ein gutes Verhältnis hatte, zurück, in die Heimat. Aber was heisst schon Heimat?

Wie immer empfing sie mich mit: „Wie siehst du denn wieder aus? Kein Geld mehr für den Frisör, was! Und der Bart steht dir überhaupt nicht – siehst aus wie ein Taliban."

Und ich antwortete wie immer:

„Danke, mir geht es gut - und dir?"

„Wie lange bleibst du?"

„So lange ich mich noch einigermassen wohl fühle."

Wenigstens brachte ich sie damit immer zum Lachen. Frieda war seit dem Tod meines Vaters in psychologischer Behandlung. Nicht bei mir natürlich. Obwohl ich mich mit affektiven Psychosen bestens auskannte. Ich hatte darüber promoviert. Und deswegen erstaunte es mich auch nicht, dass unsere Unterhaltung weiter in der seit Jahren eingefahrenen Bahn verlief:

„Wir sollten mehr miteinander reden. Wenigstens am Telefon", schluchzte sie mir vor, und so weiter und so fort. Aber irgendwann kam dann doch was Neues hinzu:

„Du hasst mich; ich weiss es jetzt genau, dass du mich hasst. Aber du weisst ja noch nicht mal, warum, oder? Du weisst doch noch nicht mal, wer ich wirklich bin".

Dann kam wieder dieses schreckliche Lachen. Wie ein kurzer hysterischer Hustenanfall.

Ich hätte so gerne gesagt: Wer kennt schon wen WIRKLICH? Was heisst HASSEN?

Oder sie gefragt, ob sie ihre Tabletten regelmässig einnehme.

Aber das tat ich alles nicht; denn dann hätte sie mich angeschrien, wie letztes Mal. Stattdessen setzten wir uns in ihre blitzblank geputzte Küche an den gedeckten Kaffeetisch und starrten uns eine Weile an.

„Ich werde wieder einen Hund bekommen. Einen Welpen, der Trüffel finden kann. Du hast doch gesagt, ein Hund würde mir gut tun."

Diese Stimmungsschwankungen im Sekundentakt gehörten zu ihrem Krankheitsbild. Noch bevor ich was sagen konnte, sprudelten zusammenhanglose Geschichten aus ihr heraus. Sie würde wieder putzen gehen; zu so einem verschrobenen Professor. Neumann hiesse er und er wäre auch der neue Besitzer vom Katzenstein. Und von dort würde er zweimal die Woche zu seinen Vorlesungen nach Frankfurt fahren. Aber den Hund, den bekäme sie von Claire geschenkt. Ihrer neuen Freundin, einer französischen Schriftstellerin, die seit knapp 3 Jahren in Kaltennordheim wohne und diese ganz besonderen italienischen Trüffelhunde züchten würde. Jawohl, neue Freunde habe sie jetzt auch. Und nicht mehr die alten von früher.

Frieda strahlte mich jetzt an wie ein kleines Kind. Sie hatte total verdrängt, dass sie mich ja eigentlich nicht leiden konnte. Nun war mir klar, dass sie ihre Tabletten nicht regelmässig einnahm. Ich musste also vorsichtig sein und fragte ganz harmlos:

„F e l i x Neumann … ?"

Frieda nickte voll begeistert und meinte, sie seien schon per Du, und dass der ein g a n z toller Kerl wäre.

Ich wollte auf keinen Fall zu erkennen geben, dass ich diesen Neumann kannte. Aber statt ihr weiter zuzuhören, machte ich den fatalen Fehler, meine Gedanken fliegen zu lassen. Felix … Mein Felix? Unmöglich! Und wenn doch? Wie er jetzt wohl aussehen würde? Ob er mich erkennen würde? Aber ist nicht Neumann auch ein gängiger Name und der Vorname Felix keine Seltenheit? Keine Ahnung!

Frieda redete und redete. Dann wurde sie langsam ruhiger und schlief ein. Am Kaffeetisch. Kopfüber auf dem Kuchenteller.

„Frieda?"

Ich strich ihr nachdenklich über ihren graumelierten Lockenkopf, aber sie gab nur ein wohliges Seufzen von sich. Sie war federleicht, als ich sie aufhob und vorsichtig, wie eine zerbrechliche Puppe, aufs Sofa legte.

Und da passierte es: Ich beschloss, länger zu bleiben als nur ein langes Wochenende.

* * *

Zwei Menschen fingen an, mich zu interessieren: Frieda und Felix. Zufall oder Schicksal? Ich glaubte an keines von beiden. Eigentlich nur noch an mich selbst!

Hätte ich jedoch Frieda besser zugehört, hätte ich nicht nur vieles mehr über eine extrem teure Hunderasse erfahren und mich vielleicht gefragt, warum jemand meiner Stiefmutter ein so wertvolles Geschenk machen sollte. Ich hätte auch von dem Skelett erfahren, das die Hunde von Friedas neuer Freundin, Claire Magnan, am Katzenstein ausgebuddelt hatten. Und last but not least, was es mit dem beeindruckenden Stapel Kriminalromane eines mir bis dato unbekannten Schriftstellers namens Pierre Magnan auf sich hatte, die sie alle, wie mir beim Durchblättern auffiel, minutiös mit Rotstift durchgearbeitet zu haben schien. Frieda, die, soweit ich bisher von ihr wusste, sich nie was aus Büchern gemacht hatte. Aber was weiss man schon von einem Menschen?

* * *

Das Geheimnis der Bücher wurde als erstes gelüftet. Eine äusserst attraktive Rothaarige steuerte zielbewusst auf unser Gartentor zu, und bevor sie noch die Glocke bedienen konnte, und mit Sicherheit Frieda geweckt hätte, war ich mit einem Satz an der Tür.

„Ische bine Clairee, Clairee Magnan, einee Fräundine Ihrere Muttere ...". Was für ein umwerfendes Lächeln! Was für ein Strahlen in den Augen. Und dann erst der Akzent. Ich schaute sie mit offenem Mund an, und sie fing an, laut und gurgelnd zu lachen.

„Ische wille nichte störähne ... abar ische mache mirre Sorgähn um Friehda, grossä Sorgähn. Ische habä vohn ihrär Ankünfte gehört und - habähn sie 5 Minüten Zeit?"

Ich fühlte mich wie ein Pennäler, der zum ersten mal eine nackte Frau zu sehen bekommt. Aber als Experte kann man dann schon mal sein Unterbewusstsein schneller einfangen und dahin stecken, wo es eigentlich hingehört. Zurück in die Schublade. Was für eine tolle Frau! Natürlich – rein äusserlich betrachtet.

Wir setzten uns in den Garten. Ich vergass total, ihr was anzubieten. Aber es war ja auch nicht mein Haus. Egal. Ich hörte ihr einfach nur zu. Nein, ich hing an ihren Lippen.

„Also, äs finge anne, dasse immer mähr Büchär fählten, sobalde Friehda, wiedher wäg wahr. Zweimahle die Woche – Kaffäh, Kuchähn und Büchär – wäg. Immähr nurre Büchär von mein Papa. Krimmis. Bluthiggäh Krimmis. Keine Büchär von mirre; Büchär mit Liebäh."

Sie hielt inne und steckte sich einen Zigarillo zwischen die blutroten Lippen.

„Äh, sie meinen also … wenn ich sie richtig verstehe ..." Wieder liess sie das gurgelnde Lachen hören. Aber mir war nicht nach Lachen. Frieda hatte also an die 30 Bücher geklaut. Und vielleicht noch viel mehr? Schmuck? Geld?"

„Neine, machen sie siche keine Sorrgähn ume die Büchär. Iche machä mir Sorgän um die Gesundeheithe vohn Friehda ...".

Wir sprachen noch lange über das Krankheitsbild affektiver Psychosen. Über Medikamente, und irgendwann sogar über Felix.

* * *

196

Felix hatte sich überhaupt nicht verändert. Als ich an diesem Abend in die Gaststube zum „Wilden Kaiser" eintrat, erkannte ich ihn sofort – sogar von hinten. Und er – er erkannte mich noch nicht einmal von vorne. Ich kannte die beiden Besitzer noch aus meiner Kindheit. Frieda hatte schon damals, als noch die Eltern von Horst das beste Hotel und Restaurant am Platz führten, dort geputzt.

Mit einem „Menschenskinder, bist du auch mal wieder im Lande? Das ist doch eine Ewigkeit her ..." gab Horst mir einen Schulterschlag, wie es nur die Rhöner können und stellte mich dem neuen Star von Kano, Herrn Professor Felix Neumann vor, der genüsslich an seinem Rhöner Urquell schlürfte. Ich stellte mich zu den anderen an den Tresen und wartete auf Frieda, die vor dem Abendessen noch einmal für kleine Mädchen verschwunden war. Felix brauchte genau 10 Sekunden zu lange, um mich einzuordnen.

„Wie kann ich das je wieder gut machen? Aber du hast dich echt toll verändert. Ich meine jetzt nicht nur das Gewicht. Hattest du nicht blonde Haare damals und keinen Bart?"

Ganz der alte Felix. Er schaffte es tatsächlich mit seiner charmanten Leichtigkeit, keinen Fettnapf auszulassen und trotzdem immer noch liebenswürdig und nett rüberzukommen. Ich hasste mich für den schmachtenden Blick, den ich ihm zuwarf – nichts gelernt in zuviel

Semestern Psychologie, was? Alles für die Katz? A propos Katz …

„Das müssen wir feiern. Was für ein Wiedersehen, nach so langer Zeit! Eine Runde für alle: auf die Liebe, äh, auf die Freundschaft."

Felix drückte mich so fest an seine Kaschmirbrust, dass mir fast die Luft wegblieb.

Irgendwie war die ganz Szene mir peinlich. Vorhin wusste er noch nicht mal meine Haarfarbe und jetzt erklärte er mir coram publico eine tiefe Zuneigung. Klar, dass jetzt auch die üblichen Verdächtigen des Montagsstammtisches die Ohren spitzten.

„Mit wem ist denn nun der Professor verbandelt? DOCH nicht mit der sexy Rothaarigen?"

„Du meinst die Französin?"

„Na klar! Kennst du noch ne andere? Die mit ihren Hunden und der Schreiberei."

„Na ja, dass unser Emil sich immer schon mehr aus Männern als aus Frauen gemacht hat, das haben wir doch damals schon kapiert, bevor er in die USA abhaute. Und auch, dass Frieda sich dafür geschämt hat. Dabei kann sie nun gar nichts dafür. Sie ist ja noch nicht mal die leibliche Mutter ..."

Aber Frieda war immer schon für eine Überraschung gut, und keiner ausser mir wunderte sich, als sie auf einmal lauthals in den Wirtsraum brüllte:

„Wer mit wem - ist doch scheissegal! Hauptsache, ihr haltet mir die Polizei vom Leib! Und lasst gefälligst meinen Emil in Ruhe!"

Da stand Frieda, am ganzen Leib zitternd, und warf uns wütende Blicke zu.

* * *

Wenn mir in diesem Moment nicht alle Anwesenden, aber ganz besonders Felix, zugesprochen hätten, doch noch mit Frieda da zu bleiben – ich hätte den Notarzt gerufen – nicht die Polizei!

Wir waren 13, sassen alle um den uralten Eichenstammtisch, und jeder versuchte, Frieda auf seine Art zu beruhigen.

„Also, morgen lade ich euch alle zum Imbiss auf Burg Katzenstein ein. Ich zeig euch, wie weit meine Renovierungsarbeiten sind. Du kommst doch auch, Emil?"

Felix strahlte mich an, tätschelte Frieda dabei ihre abgemagerte Hand und nickte ihr aufmunternd zu. Aber ihr liefen dicke Tränen die Backen runter, und sie zog die Nase hoch wie ein kleines Kind.

„Nune gibbe doche einär male Frieda eine Taschäntu-che, ich habbe auch keinä mähr ...", schluchzte Friedas neue Freundin, Claire, die sie festumschlungen hielt.

„Duhe solltäst Friehda nichte mith däm Katzensteine aufrähgene. Du weissthe doche, dasse sie ...", aber Frieda liess Claire nicht ausreden und lächelte sie an.

„Aber nein, Claire, lass gut sein, ich liebe die Gruselge-schichten ... und alles, was mit dem Katzenstein zu tun hat, ist gruselig. Mord und Totschlag. Blut, ganz viel Blut."

In diesem Moment mischten sich natürlich alle vom Stammtisch ein und kloppten ihre Geschichten vom Katzenstein auf den Tisch wie sonst ihre Skatkarten.

„Das weiss doch jeder hier in der Rhön: Der Marschler Willi war der erste, der damals in den 30ern auf der Katzensteinhut bei Zella ein Thing aufbauen wollte."

„Wasse füre eine Dinghe ...?"

Mit ihrer Zwischenfrage brachte Claire nicht nur Frieda zum Lachen.

„Kein Ding, sondern ein Thing, eine keltische oder was auch immer Kultstätte. Wo Gerichtsurteile und be-stimmt auch Hinrichtungen stattfanden ..."

„Ja, fein, Hinrichtungen. Und die finden da noch immer statt ..." jauchzte Frieda, klatschte vor Begeisterung in die Hände und trällerte weiter.

„Erzählt dem Professor doch noch aus der Zeit des Katzensteins als Burggasthof für die verdienstvollen Nazis. Danach kamen die Amerikaner und danach die Russen ..."

Frieda machte eine Pause – holte tief Luft und sagte:

„Und dann kamen WIR – gell?"

Sie schaute sich fröhlich in der Runde um, aber keiner wollte ihrem Blick begegnen.

„Emil, kannst du dich nicht erinnern? Dein Vater hat doch erzählt, dass er die zwei Waschbecken und ein paar Lampen vom Katzenstein ..."

Aber da wurde Frieda unterbrochen.

„Dafür sind wir alle zu jung. Davon wissen wir nichts mehr, Frieda. Und was dein Heinz dir da erzählt haben soll ..."

Das war keine gute Bemerkung.

Nicht für Frieda.

Vielleicht hätte ich sofort in diesem Moment mit ihr nach Hause sollen. Aber ich glaube, im Nachhinein sagen zu können:

Es war eh schon zu spät. Frieda war getriggert. Und seit Wochen ohne Medikamente.

* * *

Wieder war es Claire, die mit ihrer ruhigen, fast flüsternden Stimme Zugang zur wirren Gedankenwelt von Frieda fand. Sie musste sie in den letzten drei Jahren wirklich gut kennengelernt haben; Friedas Vorlieben und ihre Phobien. Aber vor allem ihr Vertrauen. Was mir in meinen 45 Jahren nicht gelungen war.

„Weisste du noch Friehda, was ich dire überr die Trüffelhünde erzählte habbe? Du liebbst doch die Hünde so sehhrr, jah?"

Frieda schien nur Claire zu sehen. Uns hatte sie erfolgreich verdrängt. Sie lächelte und nickte. Fast glücklich.

„Du hast gesagt, dass du mit der Zucht von Lagotto Romagnolos mehr verdienst als mit deiner Schreiberei. Anders als dein Vater, dem man die Krimis aus der Hand gerissen hatte; dass du das Rumstreiten mit den Lektoren und das Betteln bei den Verlagen satt hast…"

Claires weisses Porzellanpuppengesicht wurde rot bis

in ihre Haarsträhnen. Das hatte sie wohl nicht hören wollen.

Und auch nicht, als Frieda anfing, uns vorzuschwärmen, wer alles schon aus der deutschen, österreichischen und französischen Hautevolée Claires Hunde gekauft habe.

„Du hast gesagt, die von Zieselings in Hamburg haben gleich zwei gekauft, und sogar in Wien wollen sie jetzt Trüffel suchen gehen ...“

Claire schüttelte etwas verzweifelt ihre rote Haarpracht, und Frieda machte einen dritten Versuch:

„Jetzt weiss ich es wieder, du hast mir erklärt, dass man dem Muttertier sofort beim ersten Säugen die Zitzen mit Trüffelöl einreiben muss; damit kriegen die Welpen den Geschmack mit dem ersten Tropfen Milch. Und danach, wenn sie grösser sind, gibst du ihnen auch kleine Stücke Trüffel zu essen. Aber nicht zuviel. Sie sollen die ja auch später nicht auffressen, sondern finden, ausgraben und dir bringen.“

Claire hatte es geschafft: Frieda war hochzufrieden. Und bei ihrem Lieblingsthema - Trüffel und alles, was dazu gehört. Vom grossen Geld bis zu den passenden Suchhunden.

* * *

Alle hingen wie gebannt an den Lippen von Frieda, sogar ich selbst, obwohl ich sie und ihre Stories doch so gut zu kennen glaubte.

„Ich freue mich ja so auf morgen, wenn wir alle zusammen zum Katzenstein fahren. Meine Überraschung ist jetzt nämlich endlich fertig, Felix. Ich habe es geschafft, Claire. Ganz alleine. Na, eigentlich nicht so ganz alleine. Es gab da – wie soll ich sagen – Kollateralschäden. Was ist das doch für ein schönes verrücktes Wort, oder nicht? Ich hab es mal in der Zeitung gelesen. Wisst IHR, was es heisst?"

Sie schaute erwartungsvoll in die Runde.

„Egal. Ihr werdet es ja morgen sehen. Vorgestern hab ich die letzte Trüffeleiche von insgesamt 40 eingepflanzt. Auf der südwestlichen Hangseite – Richtung Theobaldshof ... Und ich hab es alles genau gemacht, wie in dem Buch von deinem Vater beschrieben Claire. Ich hab sie alle gelesen, aber Kommissar „Laviolette auf Trüffelsuche" war einfach das beste. Sechs Tote hatten die in dem Buch gebraucht. Ich hab es mit zweien geschafft, und okay, noch ein paar Katzen und zwei Hunde waren dabei.... das waren halt die Kollateralschäden. Aber es ist ja für eine gute Sache."

Man hätte eine Nadel fallen hören können, so still war es auf einmal. Selbst wenn es nur blutige Phantasien von Frieda wären, was wir alle hofften, wäre es schlimm genug. Ein psychotischer Schub? Traum, Alptraum oder Wirklichkeit? Alle wussten, dass Frieda nicht ganz klar tickte, aber nur ich wusste, wie krank sie wirklich war. Und ohne regelmässige Medikamente zu allem fähig – und noch mehr!

„Emil, nun schau mich doch nicht so an. Du weisst doch selbst, wie gerne ich deinem Vater beim Schlachten geholfen hab und wie du damals schon, als wir die Sau abgestochen haben, schreiend weggelaufen bist ...“

Sie lachte sich in eine hysterische Begeisterung, und erst als Claire sie in den Arm nahm, wurde sie wieder ruhiger.

„Friehda, Friehda, du darfeste doche nichte alles glaubähn was mein Papa so geschriebän hat. Er hatthe einä so schlimmäh Phantasiehe ...“

„Sag das nicht, Claire! Dein Vater, Pierre Magnan, war der grösste Krimiautor aller Zeiten. DEN hätte ich gerne persönlich kennengelernt. Nicht so einen Metzger, wie den Vater von Emil. Aber er hat mir wenigstens was beigebracht. Ich hab sie alle ausbluten lassen. Weil ich doch das Blut brauchte. Dein Vater, Claire, hat es genau beschrieben. Haarklein erklärt: Wenn man die Trüffeleichen in den ersten Wochen mit frischem menschlichen, oder im Notfall auch tierischem Blut angiesst, bekommt man die dicksten und saftigsten pechschwarzen Trüffel...“

Felix schaute mich entsetzt an und hob fragend die Schultern. Horst schüttelte nur den Kopf, stand auf, und schenkte allen eine Runde hochprozentige Rhöntropfen ein.

„Komm Frieda, wir sollten schlafen gehen und morgen einen neuen Tag anfangen. Das war doch alles sehr viel heute ..."

Aber Frieda liess mich nicht weiterreden; gestikulierte wild um sich und schrie:

„Das Skelett am Katzenstein, das deine Hunde ausgebuddelt haben, Claire, das ist nicht von mir! Das hab ich auch der Polizei gesagt. Das muss einer von den Nazis, oder Stasis, damals in der schlimmen Zeit, gewesen sein, damit hab ich nichts zu tun ... Was hab ich mir für eine Arbeit gemacht. Das könnt ihr euch gar nicht vorstellen, ihr Weicheier. Nicht du, Felix. Du bist kein Weichei und du, Claire natürlich auch nicht. Frauen sind doch keine Weicheier ...

Lass mich los, Emil, ich erzähl das jetzt zu Ende. Danach geh ich mit dir mit – egal wohin. Die zwei Asylanten aus dem Heim direkt gegenüber von uns hat doch keiner vermisst. Und wie die sich gefreut hatten, als ich sie auf Kaffee und Kuchen eingeladen hab. Natürlich nicht zusammen. Der eine kam ja im Januar und der andere erst im September. Die kannten sich doch gar nicht. Denen hab ich auch meine Medikamente verabreicht, bevor ich ihnen den Garaus mit dem alten Betäubungshammer von deinem Vater gemacht hab. Aber dafür musste ich sie ja erst in den Gartenschuppen locken, das war gar nicht so einfach. Weil, sonst hätte ich doch die ganze Schweinerei im Haus gehabt.

Dann hab ich das Blut fein säuberlich in Kanister gefüllt – was guckt ihr denn alle so entsetzt, wisst ihr nicht, wie Blutwurst geht? Und dann hab ich die Trüffeleichen damit begossen. Okay, Claire, es tut mir leid, dass es nicht so gut war, wie von deinem Vater beschrieben. Der hatte seine sechs Leichen direkt an den Bäumen ausbluten lassen. Das hab ich nicht geschafft; die waren zu schwer für mich. Aber mit den Katzen und den anderen Kleinviechern hab ich's so gemacht ...

Ich erzähl morgen weiter. Emil, kannst du mich nach Hause bringen, ich bin plötzlich so müde ..."

* * *

Wir fanden alles.

Zunächst am Katzenstein die auf den ersten Blick so harmlos wirkende Trüffelplantage, die bisher wohl noch niemandem so recht ins Auge gefallen war. Wie auch die zahlreichen geschächteten kleinen und grösseren Tierkörperchen.

Dann kamen Polizei und Gerichtsmedizin.

Hinter der Gartenlaube, genau wo Frieda es beschrieben hatte, fanden sie zwei Leichen, gar nicht mal so tief vergraben.

Seitdem sind viele Monate vergangen.

Frieda ist nach §63 StGB in einem psychiatrischen Krankenhaus untergebracht worden.

Felix hat den Katzenstein zusammen mit dem Eichenwäldchen an ein Frankfurter Bankenkonsortium verkauft und sich von dem Erlös eine wunderschöne Penthousewohnung in Basel gekauft.

Ja, wir versuchen das, wozu wir als Studenten noch nicht den Mut hatten: Zusammenzuleben.

Wir hoffen beide, dass Frieda ohne Sicherungsverwahrung irgendwann gesund entlassen werden kann und werden ...

... nie wieder
Kriminalromane lesen!

Schluss mit Freundschaft
oder
Damals ...

Max war sich nicht mehr so sicher wie früher.

Als er noch zur Schule ging, waren ihm Freunde so
wichtig. Und nicht nur das. Sie waren ihm tausendmal
wichtiger als seine Eltern, wichtiger als die Geschwister und der Rest der, in seinen Augen, buckligen Verwandtschaft. Die Grosseltern, an denen er als kleiner
Bub so gehangen hatte, waren *damals* eh schon tot.

Dann kamen die aufregenden Studienjahre. Dank *Eras-
mus* eroberte er Europa: Zuerst ging es nach Italien und
er lernte Chiara, Lorenzo, Riccardo und Alessia kennen.
Dann, während des Praktikums in Irland, Liam, Colin
und Enya. Und ausgerechnet in Finnland, wo er sich
anfangs doch so schwer mit der Sprache getan hatte,
seine jetzige Frau, Eevi, und deren Grossfamilie.

Zu diesem Zeitpunkt war ihm sicherlich noch nicht bewusst, warum er sich ausgerechnet einen Beruf ausgesucht hatte, in dem er so wenig wie möglich mit Menschen zu tun hatte. Er war nicht menschenscheu. Im
Gegenteil. Er hatte sich in die Elektro- und Informati-
onstechnik gestürzt wie ein Fisch ins Wasser. Er kannte

doch seine Stärken: Neben Mathe, Physik und Chemie kamen ihm sein analytisches Gespür, sein Organisationstalent und sein abstraktes Denken zu Gute. Und so war es auch ganz natürlich, nach dem Master eine Promotion anzustreben. Die brachte er dann in Kopenhagen zu einem *summa cum laude* und war seitdem anerkannter Spezialist in Communication und Design.

* * *

Wie Eevi das *damals* nur geschafft hatte? Alle seine internationalen Freunde aus Schule, Studium und Beruf zusammenzutrommeln. Und sie waren gekommen. Den weiten Weg nach Dänemark. Nur, um mit ihm einen vollen Geburtstag zu feiern. War denn 50 zu werden so was Besonderes?

Egal. Viel wichtiger war, dass er anlässlich dieses besonderen Tages zum ersten Mal merkte, wie sehr Eevi sich verändert hatte, und er auch. Nach der Hochzeit in Tampere, *damals*, vor so vielen Jahren, war die Entscheidung nicht einfach gewesen, wo sie beide wohnen sollten. Es war nicht eine Frage der Stadt, sondern des Landes. Eevi, als Veterinärmedizinerin, hätte leicht überall arbeiten können; aber leider war sie nicht so sprachbegabt wie Max. Und Deutsch lag ihr einfach gar nicht. Daher einigten sie sich, rein mathematisch, auf die halbe Strecke zwischen Finnland und Deutschland; und versuchten, ihr Glück in Kopenhagen zu finden, wo Max schon viele Freunde hatte und Eevi mit

Englisch eigentlich hätte zurechtkommen können. Sie waren doch noch so jung ... *damals*, ja, *damals*.

* * *

An seinem 60igsten war er gar nicht mehr so stolz auf seine Freunde. Aber auch nicht auf die Tatsache, dass Eevi sich wegen ihm immer mehr von ihrer Familie entfernt hatte, und das nicht nur geographisch. Als Finnin hatte sie eine andere Einstellung zu Entfernung. Das wäre kein Problem gewesen. Aus lauter Liebe zu ihm wollte sie es ausprobieren: sich lieber Freunde aussuchen, als Familie zu haben. Sie behauptete, dass dieser Spruch von Goethe stammte; wenn nicht von ihm, dann von Schiller, oder Heine? Sie schmiss alle durcheinander und so hatten sie immer was zum Lachen – *damals*.

Und aus lauter Liebe zu ihr, hatte er *damals* sogar angefangen, sich etwas mehr auf Familie zu besinnen. Ihre und seine. Aber vor allem eine eigene. Beide Familien hatten sich endlich kennengelernt; kamen zu Geburtstagen zusammmen, Weihnachten und anderen Gelegenheiten; einzeln oder getrennt: das Haus in der *Sanct Anna Gade* war gross genug für alle. Es sollte ja Platz sein für die vielen Kinder, die sie dort grossziehen wollten. Nach der vierten Fehlgeburt, und den nicht enden wollenden Depressionen danach, gaben sie es dann auf, auf eigene Kinder zu hoffen.

Bildete er sich das heute, 20 Jahre nach dem bewussten Tag, nur ein, oder fing es tatsächlich *damals* schon an, dass er die so zahlreichen Freunde unbewusst in Kategorien teilte: Die einen, die sich immer mehr und immer lieber raushalten wollten. Nur nicht Stellung beziehen, auf keinen Fall! Und die, die sich ungefragt in alles einmischten. Mit wohlgemeinten Tipps. Nach dem Motto: Habt ihr dieses schon versucht und jenes ausprobiert?

Als Eevi *damals* zuerst Kaisa, ihre beste Freundin aus finnischen Zeiten, und sogar Enya, seine Trauzeugin aus Belfast, und auch Alessia angerufen hatte, da hatte leider niemand Zeit für sie. Weil sie doch alle schwer am Karrieremachen waren. Dabei wollte Eevi doch nicht NUR über die Schwangerschaften sprechen ... Sie hatte es Max erklärt: Es ging ihr um Verständnis, Herzlichkeit und Wärme. Nicht nur seine, sondern auch die von Freunden. Sie glaubte, schon wieder soweit zu sein; bereit zum Lachen und zum Weinen – so wie *damals,* als sie alle jung waren. Aber dann hatte sie doch gemerkt, dass es nicht so einfach war, und dass sie in Wirklichkeit noch was anderes suchte: War es Beistand? Oder Rückhalt? Auf jeden Fall brauchte sie Hilfe. Und diese Art von Hilfe überfordert die besten Freunde.

Heute wusste sogar er, was seine Eevi *damals* schon verstanden hatte: dass niemand einem helfen kann ... wenn man selbst nicht bereit dazu ist. Und Eevi war es.

Sie war sogar bereit, Geld auszugeben. Einen Therapeuten zu suchen; einen guten, einen, der ihr geduldig und nachhaltig zuhörte und im richtigen Moment was sagte. Jemand, dem sie wirklich alles erzählen konnte.

Und seine Eevi schaffte sogar das, obwohl es lange dauerte: Nachdem sie ihren Beruf nicht mehr ausüben konnte, entschlossen sie sich, eine Hundepension zu eröffnen. Platz genug war da. Und Tiere taten Eevi immer gut.

* * *

Heute, nach fast 40 Jahren, hörte er sie immer noch vor Freude in die Hände klatschen, als er ihr das erste Mal vorschlug, ein Kind zu adoptieren. Das wäre die Rettung gewesen. Für sie beide.

Wozu hat man Freunde?

Und er hatte sie doch überall *damals*: Im Ministerium, im Jugendamt, sogar beim Familiengericht und in Arztpraxen, im Inland wie im Ausland. Aber weder Heinz in Göttingen, noch Axel in Bern, oder Knut in Frederiksberg, konnten etwas für sie tun. War denn das schon immer so, auch früher, und er hatte es einfach nur nicht sehen wollen?

Klar, die Krankheitsgeschichte von Eevi, mit ihren ständigen Depressionen, war kein gutes Startkapital.

Als er dann auch noch seinen Job verlor - er hätte sich nie selbstständig machen dürfen - fielen sie durch alle Raster. Da konnten ihnen auch die Freunde nicht mehr helfen. Kein Wunder!

Aber sie kamen zurecht. Sogar noch besser als zurecht! Die Tierpension lief hervorragend. Viel Arbeit, aber enorm viel Zuspruch von den Hundehaltern. Dann kam noch die Erbschaft von Eevi's stinkreicher Patentante dazu – soll noch einer was gegen Familie sagen. Aber Enttäuschungen nagten an Max, mehr als an Eevi. Sie hatte die Hunde, und er nur die Erinnerungen. Und die kamen immer häufiger.

* * *

Es gab Tage, an denen er sich ihnen fast wolllüstig hingab … wie früher seiner Eevi. Mit zunehmendem Alter musste er sich jedoch auch immer mehr vor ihnen schützen, sonst wäre er verrückt geworden.

Daher schenkte er sich den vollen Rückblick immer nur an seinen Geburtstagen. Und der fing nun schon seit einigen Jahren immer mit derselben Frage an: Wie war es zu den Ernüchterungen in seinem Leben gekommen? War Freundschaft von Anfang an nur Illusion? Sie kamen zum Feiern, okay, aber auch nur an den grossen Tagen.

Und dazwischen – nichts. Wer hatte eigentlich wen zuerst enttäuscht? Er doch bestimmt nicht. Er, der immer bereit gewesen war, neue Freundschaften zu knüpfen, ohne die alten aufzugeben.

Damals hatte seine Eevi ihm geholfen, sogar die eigenen Freunde zu verstehen:

Sie, die sich bestens mit Familie und Nähe und Distanz auskannte, meinte, die Probleme, die vor allem Max quälten, hingen wohl mit „Grenzüberschreitungen" zusammen.

Eine Art „Respektlosigkeit", die, wenn sie ganz klein und unauffällig, manchmal sogar verpackt als Liebes- oder Freundschaftsdienst daher kämen, einem gar nicht sofort auffielen. Aber wenn man die Kleinigkeiten erst mal durchgehen lassen würde, könne man sich später nicht mehr wehren. Und so seien sie reingerutscht, wie in eine Falle:

Ihr guter Freund und Nachbar, Hendrik Amundsen, zum Beispiel. Für den sie, wie oft, einkaufen gegangen war. Am Anfang ein paar Artikel, und dann wurden die Listen immer länger und die Einkaufstaschen immer schwerer.

„Weisst du noch, als er plötzlich hinter dir stand, im Garten, als du dabei warst, das Loch für den Goldfischteich auszuheben? Er hatte das Gartentor aufgemacht, ohne zu klingeln. Hatte dich so erschreckt … und dir Unmengen an Ratschlägen gegeben. Alles gut gemeint … aber wie sagt ihr in Deutschland? Ratschläge sind Schläge …"

Und dann hatte Eevi gelacht. Ihr leichtes trolliges Elfenlachen. Obwohl sie genau wusste, dass das, was sie gerade gesagt hatte, nur die Spitze vom Eisberg war. Die Sache mit der Dachterrasse, auf die sie sich so sehr gefreut hatte …? Hendrik und seine Frau liessen keine Gelegenheit aus, Eevi anzusprechen, sobald sie nur die unterste Stufe der Wendeltreppe berührt hatte: Risse in den Dachziegeln, die sie mit dem Feldstecher genauso hervorragend erkennen konnten, wie die Maus, oder vielleicht doch eine Ratte, die über ihren Dachfirst gehuscht war…

Irgendwann wollte Eevi gar nicht mehr nach oben, obwohl der Blick über den nördlichsten Zipfel von Seeland einzigartig war und man bei ganz gutem Wetter sogar die Spitzen von Schloss Kronborg sehen konnte.

Bei Eevi war erst Schluss mit Freundschaft, als sie die Spuren von dem Rattengift gefunden hatte, das die Nachbarn bis zuletzt nicht ausgestreut haben wollten. Aber woher sollten sie denn gekommen sein, die kleinen, halbleeren Säckchen? Nicht alle von einem Vogel, und damit vom Himmel gefallen, wie Hendrik es so gern in der Nachbarschaft rumerzählte. Nur gut, dass keines ihrer vierbeinigen Pflegekinder sich darüber hergemacht hatte ...

* * *

Heute, auf den Tag genau, waren es 40 Jahre.

Strahlender Sonnenschein, genau wie *damals*.

Eevi wollte an dem Nachmittag noch schnell den Hannevalds ihren Hund zurückbringen. Ausnahmsweise. Sonst kamen sie ihn immer abholen. Eine wunderschöne dänische Dogge. Aber ihr Auto streikte, und sie sehnten sich, nach vier Wochen Urlaub bei den Kindern, so sehr nach ihrem *Hamlet*. Und Eevi brachte es nicht übers Herz, ihnen ihr vierbeiniges Riesenbaby noch länger vorzuenthalten. Und auf dem Rückweg wollte sie noch schnell ihrer Schwester „Hallo" sagen, das Buch zurückbringen; schnell noch eine Kleinigkeit einkaufen fürs Abendessen. Schnell... Warum schnell? Sie hatten doch alle Zeit der Welt, und die anderen – die hätten ihnen doch egal sein können.

Aber Eevi war nicht die einzige auf der schmalen Landstrasse. Kerzengerade war sie und stadtbekannt bei allen, die gerne mal aufs Gaspedal treten wollten. Sogar illegale Rennen wurden dort gefahren. Und alle in der Umgebung wussten auch, von wem. Eevi war einfach nur zur falschen Zeit am falschen Ort. Die zwei blauen Sportwagen kamen ihr mit 130km/h mitten auf der

Havnegade entgegen, und sie hatte keine Chance. Hamlet, der nicht angeschnallt war, wurde aus dem Auto katapuliert und überlebte auf mirakulöse Art; Eevi hatte keinen so guten Schutzengel; sie war auf der Stelle tot. Einer der Fahrer schwer verletzt und der zweite entkommen.

Max kannte sie beide. Jeder in der Gegend kannte sie. Aber Max spielte einmal die Woche mit ihnen Skat und liess sich von Dr. Niels Akselsen einmal im Jahr die Zähne checken. Sie gehörten zu seinen Freunden!

Und seine Freunde hatten wieder Freunde. Auch in der Justiz. Knut bekam nach seinem 4monatigen Krankenhausaufenthalt 2 Jahre auf Bewährung, weil, er hatte sich ja vorher noch nie was zuschulden kommen lassen. Und so genau wusste ja auch niemand mehr, wie schnell Eevi gefahren war, und wie weit mittig, oder seitwärts. Und überhaupt, sie war doch so lange in Therapie *damals*; war das nicht wegen schwerer Depressionen? Vielleicht fuhr sie dem Wagen ja auch nicht aus dem Weg? *Hamlets* Besitzer meinten auch, dass Eevi doch sehr unter Druck geklungen hatte an diesem Nachmittag.

Dr. Akselsen wurde nie überführt, weil sein Sportwagen ihm doch am selben Tag gestohlen worden war, und ob nun EIN blauer Wagen oder zwei in den Unfall verwickelt waren, konnte auch nie nachgewiesen werden. Und nur, dass die beiden gerne mal auf der *Havnegade* über die Stränge schlugen, war noch lange kein Beweis, dass sie es auch an diesem Nachmittag getan hatten.

* * *

Heute war ein ganz besonderer Tag. Nicht nur sein 90igster Geburtstag. Heute wollte er sich auch noch den Rest an Erinnerung gönnen. Die Genugtuung, wie er den beiden nicht nur die Freundschaft gekündigt hatte, sondern noch viel mehr.

Niels hatte sich nach dem Unfall keinen neuen Sportwagen, sondern eine Harley zugelegt. Bei Menschen wie Niels, die ihr angeblich so aufregendes Leben so routinemässig und langweilig abspulten, war es einfach, auszumachen, wann und wo er ihn am besten treffen konnte. Und für Max stand seit *damals* fest, es musste auf der *Havnegade* sein, ganz in der Nähe von Hamlets Wirkungsstätte. Er liebte die grausigen Rachetaten der Shakespearschen Helden, hin und her gerissen zwischen Schicksal und Wirklichkeit. Unbarmherzig und blutdürstig lösten auch sie ihre persönlichen Konflikte und vergalten Gleiches mit Gleichem.

Drei Liter Altöl hatten gereicht, die einzige Krümmung der Landstrasse, die zu Schloss Kronborg führte, in eine tödliche Falle zu verwandeln. Genau zu dieser Uhrzeit, und genau an diesem Freitagnachmittag, war sonst niemand unterwegs und Autofahrern hätte es eh nicht weiter geschadet. Vielleicht einen Rutscher und Schlenker, aber nicht, wie bei Niels, einen doppelten Genickbruch. Und er hatte nicht das Glück, ihn zu überleben. Nicht wie *damals* der vierbeinige *Hamlet*.

Eevi hätte sein Rachefeldzug nicht gefallen. Dafür hatte sie Menschen und Tiere viel zu sehr geliebt. Er nicht mehr. Den anderen Skatbruder hatte er auch noch erwischt. Auf der Fähre. Er hatte es nach einem Selbstmord aussehen lassen. Es war doch eh verboten, sich während der Überfahrt in den Autos aufzuhalten. Und schon gar nicht mit laufendem Motor. Dass man Max nicht auf den Überwachungskameras erkannt hatte, war reine Glückssache. Aber das war seine Stärke. Seit *damals*, seit dem Tod von Eevi, hatte er keine Angst mehr zu sterben. Auch nicht, verhaftet zu werden. Er hätte alles ertragen.

Wer hätte gedacht, dass ausgerechnet ER so alt werden würde? Mutterglückselig alleine, bis auf die jungen Leute, die ihm lange noch geholfen hatten, die Hundepension aufrechtzuerhalten. Aber auch die hatte er vor 10 Jahren aufgegeben. Und seit 5 Jahren war er jetzt im Seniorenstift. Es blieb ihm ja nichts anderes übrig … Selbstmord war nie eine Option für ihn gewesen. Aber jetzt wurde ihm die Zeit doch lang.

Er wollte zu Eevi und endlich seinen Frieden finden.

* * *

„Eevi – meine schöne kleine Elfenkönigin – Eevi, wo bist du nur …?"

„Ach, Max, du weisst es doch …"

„Eevi, ich brauch dich … ich brauch dich so sehr …"

„Ja, Max, ich weiss …"

„Eevi, ich kann nicht mehr … nicht mehr ohne dich …"

„Ich weiss Max … ich weiss …"

„Eevi … warte, geh nicht wieder weg …"

„Ich warte doch, Liebling …ich warte doch schon so lange …"

„Du musst … du musst mir helfen, Eevi, ich schaff es nicht, nicht alleine …"

Wie so oft in den letzten Jahren, weinte er auch jetzt wieder in sich hinein, zuerst leise, dann immer lauter. Küsste das Bild im Silberrahmen, das Eevi mit einem Blumenkranz im Haar an ihrem letzten Geburtstag zeigte, ihrem 61igsten. Seine wunderschöne Eevi mit ihren mittlerweile weissblonden langen Haaren und ihren dunklen Samtaugen, die ihn immer anlachten.

„ICH werde dir helfen, Max. Mein schöner grosser Max. Ich werde da sein ..."

„Eevi, ich liebe dich!"

* * *

Als die Krankenpfleger Max am nächsten Morgen fanden, war er schon seit vielen Stunden tot. Suizid wurde eindeutig ausgeschlossen, und Dr. Rasmussen, einer der vielen Ex-Freunde von Max, erzählte noch Jahre später die unglaublichste Geschichte seiner Karriere:

„Er hatte mich *damals* nach einem letzten Freundschaftsdienst gefragt. Das war mehr als eindeutig. Er wollte erlöst werden. Aber er hatte doch keine schweren Krankheiten... Er war doch einfach nur alt, und deswegen habe ich ihm diesen Freundschaftsdienst verwehrt. Und am nächsten Tag lag er dann tot in seinem Bett. Das muss man sich mal vorstellen ... keine Spur von Fremdeinwirkung! Wir haben ihn doch sogar obduzieren lassen ... Ich sag euch, der lag einfach da, selig lächelnd, glücklich mit diesem Zettel in der Hand.

„Danke, Eevi, ohne dich hätte ich es nicht geschafft ...
nicht zu leben und nicht zu sterben.
Ich liebe dich ..."

Alles hat ein Ende ...
nur die Wurst hat zwei!

„Vielen Dank, dass Sie heute zu uns kommen konnten, Frau Moralis..."

„Vielen Dank für die Einladung ins Mittagsmagazin, Frau Pareigis. Ich freue mich sehr, hier sein zu dürfen..."

„Sie sind ja, wenn man so sagen darf, eine absolute Quereinsteigerin im Bereich Thriller und Krimi und haben es binnen knapp drei Jahren nicht nur geschafft, ein Millionenpublikum mit ihrer Art zu schreiben zu begeistern, sondern sogar die Filmrechte ihrer „Moords-Geschichten" an die BBC zu verkaufen. Wie können Sie sich selbst diesen Senkrechtstart – quasi aus dem Nichts, erklären?"

„Ich möchte zuerst nochmal sagen, dass es für mich eine grosse Ehre ist, hier bei Ihnen auf der MIMA Couch sitzen zu dürfen. Ich bin seit Jahrzehnten Fan des Mittagsmagazins und hätte mir noch vor ein paar Jahren nicht träumen lassen, einmal von Ihnen interviewt zu werden.

Vielen Dank auch für diese interessante Eingangsfrage.

Ich erkläre mir den Erfolg meiner Romanhelden dadurch, dass sie mir wohl realistisch und menschlich genug gelungen sind. Ganz früher gab es in diesem Genre ja diese typischen Überhelden à la Maigret, Poirot, oder, um noch weiter zurück zu gehen, à la Sherlock Holmes und Dr. Watson.

Dann wagten Drehbuchautoren und andere Schriftsteller Typen zu servieren wie Schimanski, Wallander oder Frost und Morse bei der BBC. Ich sag mal, etwas schräge Typen, mit wenig sozialer Kompetenz und noch weniger Hang zu einer dauerhaften Beziehung, geschweige denn einem Familienleben. Das trauten sich erst Tatortautoren wie Tom Bohn mit seiner Thüringer-Reihe und, ja, da fällt mir schon niemand anders mehr ein, sehen Sie das Problem? Sogar Frauen in der Rolle der Kommissarin passen seit vielen Jahren in dieses Klischee der kaputten Beziehungen.

Ich bemühe mich ganz bewusst in meinen Kriminalgeschichten, das klassische Modell Opfer – Täter – Polizei mit den jeweiligen Etiketten von *gut* und *böse* zu verlassen. Ich bin nämlich fest davon überzeugt, dass jeder Mensch Täter und Opfer sein kann. Oft sogar gleichzeitig. Vor allem im grossen Kontext von Missbrauch und seinen vielen schrecklichen Facetten. Mir geht es in all meinen Geschichten darum, unter die Spitze des Eisbergs zu schauen, Beweggründe anzureissen ..."

„Wenn ich bei dem Ausdruck „anreissen" einmal

nachhaken darf, Frau Morales. Sie haben ja im Bereich der Kriminalliteratur vor allem mit ihren Sammelbänden unter dem lustigen Titel „Moords-Geschichten" Erfolge gefeiert, und wenn ich richtig informiert bin, soll nächstes Frühjahr ein dritter Band auf der Leipziger Buchmesse vorgestellt werden. Kritiker haben Ihren sehr persönlichen Stil einmal expressionistisch genannt. Können Sie sich mit diesem Etikett anfreunden?"

„Aber absolut, Frau Pareigis. Ich fühle mich sogar sehr geehrt. Denn ich bin so wenig eine Detailschreiberin, wie die Künstlergeneration *Die Brücke* mit den Portraitmalern der flämischen Schule verglichen werden könnte. Ich liebe es, meine Charaktere holzschnittartig zu zeichnen. Und für mich liegt das *Geheimnis der Kräutersulz* darin, sie trotz einer expressionistischen Minimalisierung der Sprache und des Genres, sprich Kurzgeschichte statt Gesellschaftsroman, zum Leben zu erwecken. Eine Kunst, die man sonst nur mit Romanfiguren vollenden kann..."

„Was meinen Sie, Frau Morales, wenn Sie vom *Geheimnis der Kräutersulz* sprechen? Was für ein lustiger Ausdruck. Den habe ich noch nie gehört ..."

„Ach, wissen Sie, das ist ein ganz alter Witz und kommt aus der Werbung. Aber ich glaube, die ist so alt, dass Sie sich bestimmt nicht daran erinnern können. Ein Käsefeinschmecker war damals auf der Suche nach dem Geheimnis, wie der ganz besondere Geschmack eines Käses zustande kam. Und mir ging es ähnlich, nur dass ich, seit ich schreibe, auf der Suche nach dem Geheimnis bin, meine Romanfiguren so lebendig wie echte Menschen zu zeichnen. Ich lese sehr viel; arbeite mit Bleistift alle Bücher durch; suche mir gute Beispiele. Und hoffe, dass diese hohe Kunst, die Meister des Genres wie Victor Hugo, Charles Dickens, John Irving, Fred Vargas oder Pierre Magnan so hervorragend beherrschen, um so mehr ich lese, irgendwann abfärbt. Und wenn Sie und andere Leser sagen, meine Figuren gefallen Ihnen, dann bin ich dem *Geheimnis der Kräutersulz* näher gekommen. Aber ich habe es noch nicht gefunden. Da geht noch mehr …"

„Frau Morales, wir haben heute auch noch ein paar Zuschauerfragen, die ich Sie bitten würde, aus Zeitgründen so kurz wie möglich zu beantworten …"

„Selbstverständlich, sehr gerne."

„Die erste kommt von einer Schriftstellerin aus Thüringen. *Frau Bohr-Jankowski möchte wissen, welche Erfahrungen Sie mit der Verlagswelt gemacht haben. Und warum Sie die Filmrechte lieber an die BBC als an einen deutschen Sender verkauft haben?*"

„Das ist eine echte Gretchenfrage für jeden Autor. Sie möchten vielleicht wissen, Frau Jankowski, zu welchem Zeitpunkt man sich umtun sollte, einen Verlag zu finden. Wenn man schon bekannt ist, ist das ja kein grosses Problem mehr. Wenn nicht, dann ist es sehr schwer für Neuankömmlinge. Die Hürden sind extrem hoch, sogar schon bei Agenturen, die sich als Vermittler anbieten: abgesehen von dem perfekten Plot, in der perfekten Form, sprich Normseiten, muss man schon ein Thema anbieten, das sich gut verkaufen lässt. Verlage müssen Profit machen. Je grösser desto mehr, und jedes Risiko vermeiden. Daher arbeite ich persönlich gerne mit kleinen Verlagen, oder veröffentliche sogar auf eigene Kappe. Und bin damit frei von Zwängen. Das war auch mit der Grund, warum mir das Angebot der BBC besser gefallen hat. Es ging nicht nur um Tantiemen dabei. Die BBCs verfilmen hervorragend Buchvorlagen, besser als irgendwer sonst, und arbeiten in diesem schwierigen Prozess auch eng und respektvoll mit dem jeweiligen Autor zusammen. Dieses positive Erlebnis würde ich jeder Kollegin und jedem Kollegen wünschen."

„Vielen Dank. Die nächste Frage kommt von Herrn Frédéric Camus, der trotz seines französischen Namens hier in Berlin wohnt, bei der Kriminalpolizei arbeitet und ein grosser Fan ihrer Bücher zu sein scheint. Er möchte wissen:

Wie Sie beim Schreiben vorgehen? Ob Sie ein Vorbild haben? Und warum Sie immer so viel Verständnis mit den Tätern haben?

„Vielen Dank für die interessanten Fragen, ganz besonders von Seiten der Polizei. Das nehme ich mal als Kompliment. Dann können meine Geschichten nicht zu weltfremd sein. Ich fange gerne mit dem dritten Teil ihrer Frage an und versuche, mich kurz zu fassen, auch wenn es mir gerade bei diesem Thema schwer fällt. Es ist wahr, dass ich in meinen Geschichten Verständnis und manchmal sogar Sympathie für einen Täter, oder eine Täterin, aufbaue. Ich mache jedoch den grossen und wichtigen Unterschied zwischen der Erklärung, wie es zu einer Tat kommen kann, entschuldige damit jedoch in keinster Weise, dass es dazu gekommen ist. Das ist die psychologische Seite meiner Geschichten: Was macht den Menschen zu dem, was er macht?

Aber zurück zum ersten Teil Ihrer Frage, wie gehe ich vor beim Schreiben? Ich brauche vor allem viel Ruhe. Ich zitiere da gerne Virginia Woolf. Man braucht … *Ein Zimmer für sich alleine.* Da höre ich in mich rein, und wenn nichts kommt, dann ist das auch kein guter Tag zum Schreiben. Aber es gehört natürlich mehr zum Schreiben als Spontaneität: viel Handwerk und viel Recherche, vor allem, wenn man nicht das Glück hat, bei der Polizei zu arbeiten, wo einem die Fälle direkt auf den Schreibtisch flattern. Bevor man die Worte fliessen lässt, hat man sich natürlich Gedanken über den Inhalt gemacht. Den sogenannten Plot. Wo soll die Geschichte angesiedelt werden? In welcher Zeit? Welche Personen sollen darin eine Rolle spielen? Und dann kommt ein ganz wichtiger Moment: Man gibt den Personen ein Leben, d.h. im Fachjargon, man legt Charakterbögen an. Das ist für mich einer der schönsten Momente beim Schreiben. Und leider kann ich aus Zeitgründen den zweiten Teil ihrer Frage nur ganz kurz beantworten. In meinen Augen kann niemand schönere und bessere Kurzgeschichten schreiben als die Kanadierin *Alice Munro*, auch wenn sie keine Kriminalgeschichten schreibt: Sie hat das *Geheimnis der Kräutersulz* nicht nur gefunden, in meinen Augen hat sie es erfunden!"

„Vielen Dank, Frau Morales, dass Sie heute bei uns waren. Ich wünsche Ihnen weiterhin gutes Schaffen."

„Vielen Dank, Frau Pareigis, es war sehr schön bei Ihnen."

* * *

Frédéric Camus war auf dem Weg zu seiner Stammkneipe. Ein beschissener Tag lag hinter ihm. Er wusste selbst, dass er seit Wochen in einer Sackgasse steckte. Aber dafür zum Chef zitiert zu werden, der dann auch noch damit drohte, das ganze Team auf einen anderen Fall anzusetzen, das ging schon sehr an die Ehre. Bisher konnte er ganz gut damit leben, dass *Napoleon*, wie er und sein engster Kreis ihren Chef insgeheim nannten, seine vielleicht manchmal ausgefallenen, aber bisher immer erfolgreichen Ermittlungsmethoden regelmässig rügte, aber an oberster Stelle für Rückendeckung sorgte.

Mehr brauchte Frédéric nicht. Ihm und dem harten Kern in seinem Team war nur eins wichtig: den jeweiligen Fall zu lösen.

Und dass ausgerechnet im spektakulärsten Mordfall seiner bisherigen Karriere nach so kurzer Zeit schon das LKA übernehmen und er und seine Leute einfach abgezogen werden sollten – unakzeptabel. Er war eigentlich nicht der Typ Kummersäufer, aber heute blieb nichts anderes, als sich wirklich mal die Kante zu geben. Gerade als er die Tür aufstossen wollte, fiel sein Blick auf das Plakat: Einladung zur Lesung von Katharina Frederike Morales. Die neuesten Moords-Geschichten, im Gewölbe der Kutscherstuben, 8.8.22, ab 21h, Eintritt frei.

„Das gibt's doch nicht. Das ist doch heute..."

Frédéric schaute auf die Uhr und ärgerte sich noch ein wenig mehr. Wäre er nur früher aus dieser blöden Sitzung raus. Aber egal. Auch wenn er zu spät kam, vielleicht würde es ihm gut tun, seinen Ärger über *Napoleon* wegzustecken und diese Frau mal live zu erleben, von der er schon einiges gelesen hatte. Und wer weiss, vielleicht war das alles ein Wink des Schicksals, denn wenn er mit seiner Schreiberei nur halb so viel Erfolg hätte wie die gute Frau Morales, dann würde er irgendwann den Job bei der Polizei an den Nagel hängen können und nur noch das tun, was er wirklich am allerliebsten machte:

Verbrecher jagen, fangen, schreiben, Fiktives mit Realem vermischen - ganz auf seine Art.

Er liess sich von Karl am Tresen schnell ein Glas Rotwein einschenken, das erträumte Pils hätte zu lange gedauert, und dann ging er runter ins Gewölbe, das bis auf wenige Plätze proppenvoll war. Spannung lag in der Luft. Man hätte die berühmte Nadel fallen hören können, und daher blieb er hinten stehen. An die fünfzig Leute hingen an den Lippen einer attraktiven Mittvierzigerin, die in natura ganz anders wirkte als im Fernsehen. Damals hatte sie die Haare hochgesteckt, keine Brille und ein ziemlich biederes Outfit. Hier war sie wohl viel mehr in ihrem Element.

Mit den abgewetzten Jeans, dem engen Pullover und ihrem Pferdeschwanz hätte man sie glatt auf den ersten Blick für eine Studentin älteren Semesters halten können. Ihre warme Stimme presste Worte voller Emotionen, mal sacht, mal feurig in den Raum; dort liess sie sie frei schweben oder knallte sie mit voller Wucht gegen die Mauern des Kutschergewölbes. Je nach Szene. Sie war offensichtlich mitten in einer Geschichte. Und schaffte es im Handumdrehen, ihn trotz seiner miesen Stimmung in ihren Bann zu ziehen. Und so lauschte

Frédéric ihr gespannt, als sie fortfuhr:

„Er holte die Kiste aus seinem Versteck und öffnete den schweren Holzdeckel. Nur nicht an das erste Opfer denken, dann schon lieber an die anderen. Und dafür hatte er sich die Kiste zugelegt, in der er seine Trophäen sammelte. Heute gedachte er der Armbanduhr. Die war nichts wert, ausser dass sie ihm die Bilder lieferte, wie er zu ihr gekommen war. Das war die Leiche, die er danach im Moor versenkt hatte. Er kannte sich aus mit Moorleichen und was man tun musste, damit sie nie wieder an die Oberfläche kommen. Seine lag nun schon zwanzig Jahre dort. Also kein Grund zur Beunruhigung. Er legte die Uhr wieder zurück und zog das rotkarierte Taschentuch heraus. Das tat ihm immer besonders gut. Danach konnte er vielleicht sogar wieder einschlafen. Er legte sich wieder aufs Bett und zog den Duft von altem Tabak ein. Dass der immer noch zu riechen war, nach so langer Zeit? Vielleicht bildete er es sich ja auch nur ein, so wie die Bilder von dem Unfall in der U-Bahn. Rush hour in München ... das war ihm damals gut gelungen.

Er recherchierte vorher immer minutiös, welche Ausschnitte die jeweiligen Überwachungskameras abdeckten. Es war ja schliesslich nicht das erste Mal, dass er genau diese Methode anwandte. Im Gedränge konnte niemand merken, dass er die Person gestossen hatte, statt, wie jeder vermutete, ihr zu helfen. Er war in Uniform und wie immer hilfsbereit, und in diesem Fall sogar als erster am Tatort. Das durfte er natürlich nicht zu oft wiederholen. Aber er wechselte ja sogar die Städte. Und meistens verschwand er sofort in der Menge. Das waren die Fälle, in denen er keine Uniform trug.

Ob Bus, Zug oder U-Bahn, er hatte sie alle schon als Tö-
tungsmaschinen eingesetzt. Grässlich für die armen Lokfüh-
rer oder -führerinnen; die taten ihm immer leid. Aber an die
durfte er jetzt nicht auch noch denken; morgen war ein neuer
Tag.

Jetzt war er endlich müde und wollte nur noch schlafen."

* * *

Frédéric war fasziniert. Die Frau las nicht einfach vor.
Sie spielte ihr Stück und die verschiedenen Rollen, vom
Akzent des Täters, bis zum Schrei des Opfers und dann
war plötzlich Schluss, und das Gewölbe tobte vor Begeisterung.

„Bitte kommen Sie doch näher, ja, Sie dahinten mit Ihrem Glas Rotwein. Hier vorne in der ersten Reihe sind
noch Plätze frei. Wir nähern uns zwar dem Schluss,
aber eine der besten Geschichten kommt noch ..."

Frédéric war eigentlich nicht der Typ für die erste
Reihe. Die hatte er bereits in der Schule gehasst, und
sich beizitieren lassen, war ja wohl das Letzte. Und das
vor all den Leuten. Aber die Frau gefiel ihm schon. Und
so fühlte er sich geschmeichelt, dass sie ihn in der
Menge überhaupt wahrgenommen hatte. Gut, dass er
auf dem Weg nach vorne noch zwei andere freie Plätze
erspähte und davon einen direkt am Gang. Er liess sich

gerade in dem Moment fallen, als Frau Morales verkündete, aus welcher Geschichte sie als nächstes vorlesen würde:

Mord nach Rezept oder Es gibt Dinge zwischen Himmel und Erde ...

Frieda schaute erwartungsvoll in die Runde.

„Egal. Ihr werdet es ja morgen sehen. Vorgestern hab ich die letzte Trüffeleiche von insgesamt 40 eingepflanzt. Auf der südwestlichen Hangseite – Richtung Theobaldshof ... Und ich hab es alles genau gemacht, wie in dem Buch von deinem Vater beschrieben, Claire. Ich hab sie alle gelesen, aber Kommissar „Laviolette auf Trüffelsuche" war einfach das beste. Sechs Tote hatten die in dem Buch gebraucht. Ich hab es mit zweien geschafft, und okay, noch ein paar Katzen und zwei Hunde waren dabei.... das waren halt die Kollateralschäden. Aber es ist ja für eine gute Sache."

„Emil, nun schau mich doch nicht so an. Du weisst doch selbst, wie gerne ich deinem Vater beim Schlachten geholfen hab und wie du damals schon, als wir die Sau abgestochen haben, schreiend weggelaufen bist ..."

Sie lachte sich in eine hysterische Begeisterung, und erst als Claire sie in den Arm nahm, wurde sie wieder ruhiger.
„Friehda, Friehda, du darfeste doche nichte alles glaubähn was mein Papa so geschriebän hat. Er hatthe einä so schlimmäh Phantasiehe ..."

„Sag das nicht, Claire! Dein Vater, Pierre Magnan, war der grösste Krimiautor aller Zeiten. DEN hätte ich gerne persönlich kennengelernt. Nicht so einen Metzger, wie den Vater von Emil. Aber er hat mir wenigstens was beigebracht. Ich hab sie alle ausbluten lassen. Weil ich doch das Blut brauchte. Dein Vater, Claire, hat es genau beschrieben. Haarklein erklärt: Wenn man die Trüffeleichen in den ersten Wochen mit frischem menschlichen, oder im Notfall auch tierischen Blut, angiesst, bekommt man die dicksten und saftigsten pechschwarzen Trüffel..."*

Das Publikum schien begeistert, nur Frédéric wusste nicht, wie ihm geschah. Er war euphorisch und schockiert zugleich. Das war doch unmöglich. Ein Traum? Wieder vermischte sich Reales mit Fiktivem. So wie er es eigentlich liebte. Aber wie konnte das sein? Er schaute in sein leeres Rotweinglas. Hatte Karl ihm etwa was beigemischt? Irgendeine Droge? Was ging hier ab?

Er schaute entsetzt um sich.

Aber die anderen Leute verhielten sich ganz normal: sie klatschten, redeten durcheinander, waren schaurig berührt und wollten trotzdem wissen, wohin das Ganze wohl führte. Sollte er denn der einzige sein – der gemerkt hatte, dass dieser Fall Realität war, in einer Mappe auf seinem Schreibtisch lag und ihm und seinem Team, inclusive *Napoleon*, seit Wochen schlaflose Nächte bereitete?

Wie konnte das sein?

Er schaute sich nochmal um. Und da sah er ihn.

Neben einer Säule, im Halbdunkel. Der Einzige, ausser ihm, der anders reagierte als alle anderen Zuhörer. Er war nicht schockiert, sondern grinste hinterhältig, nein brutal in seine Richtung. Gleichzeitig griff er in seine Hosentasche und zog langsam etwas heraus, das er triumphierend in die Luft hielt: seinen rechten Mittelfinger.

Mein Gott, vielleicht war er ja der Täter und kam in die Lesungen, um sich die neueste Anleitung zu besorgen? Ein verrückter Fan?

Sie waren in ihren Ermittlungen so weit, dass sie einen Serientäter für unwahrscheinlich hielten. Nichts schien zusammenzupassen: Weder Opferprofile, noch Tatwaffen oder Rituale. Also, entweder ein verrückter Einzeltäter, oder mehrere Täter, die irgendwie zusammen gehörten.

Plötzlich wurde ihm schlecht. Wenn das stimmte, was er vermutete, könnten einige Kandidaten jetzt und hier im Saal sein. Für ihn stand fest, dass er genau in diesem Moment der Lösung des schwierigsten Falls seiner bisherigen Karriere näher war als je zuvor. Jetzt würde auch *Napoleon* wieder seinen Theorien Glauben schenken:

Die Mörder im Fall der geschächteten Leichen mussten entweder einige durchgeknallte Typen aus dem Fanclub von Katharina Frederike Morales sein; oder genau der eine Idiot, der ihm gerade eiskalt in die Augen starrte.

Bevor er sich über das weitere Vorgehen Gedanken machen konnte, hörte er das einschmeichelnde Timbre von Katharinas Stimme, die ihrem begeisterten Publikum eine letzte Zugabe gewährte: Aus der Geschichte: *29 auf einen Streich! Oder Corona macht's möglich ... irgendwo im Elsass, April 2020.*

„Kaum war das Wort über ihre Lippen, spürte sie den brennenden Schmerz seiner mit voller Kraft geschmetterten Ohrfeige. Sie fiel sofort zu Boden. Ihr wurde schwarz vor Augen und sie schmeckte warmes Blut auf ihren Lippen und im Mund. Dann ging alles sehr schnell: Sie griff um sich, ohne genau zu sehen, wonach. Der erste feste Gegenstand, der ihr in die Finger kam, war der Schürhaken. Und damit schlug sie zu. Zuerst in alle Richtungen. Dann gezielt. Nicht einmal. Nein, sie schlug und schlug und schlug. Immer und immer wieder."

* * *

Das war der letzte Beweis. Mehr brauchte er nicht. Er war sich absolut sicher: Da mordete jemand nach dem Muster der Kriminalromane von K. F. Morales ... eindeutig ... aber ganz ohne jede Moral!

* * *

Frédéric beschloss, an diesem Abend keinen Skandal zu provozieren. Er sass nun schon so lange an diesem Fall, dass es auf eine Nacht nicht ankommen sollte. Er musste nachdenken. Wie konnte es sein, dass sein Fall identisch war mit dem, den Frau Morales als Erstveröffentlichung heute abend zum besten gab? Es handelte sich ja nicht um eine Lesung eines bereits veröffentlichten Werkes. Hier war alles neu. Und seine Recherchen hatten keine ähnlichen Fälle in Deutschland ergeben. Keinen einzigen, der es an Brutalität mit diesem aufgenommen hätte. Er kam zu dem Schluss, zwei Dinge zu tun: Frau Morales um einen Termin für ein Vieraugengespräch am nächsten Tag zu bitten, und danach, so unauffällig wie möglich, dem grinsenden Typen zu folgen. Hoffentlich würde er beides zeitlich schaffen …

Aber das war eindeutig nicht sein Tag. Der Schurke war schneller weg, als er sich zu der heissbegehrten Schriftstellerin durchkämpfen konnte. Die sass in aller Seelenruhe da und signierte Subskriptionsbestellungen für ihren dritten Band Moords-Geschichten. Als er endlich vor ihr stand, war seine Laune noch tiefer gesunken als der Pegel des Wannsees im Hochsommer.

„Ah, der Herr mit dem Rotwein. Hat Ihnen meine kleine Kostprobe gefallen?"

„Äh, ja schon. Aber ..."

„Ja, ich nehme sehr gerne Ihre Einladung auf ein Glas an. Ich bin hier in circa 10 Minuten fertig. Wollen Sie am Tresen auf mich warten?"

Damit hatte er nun gar nicht gerechnet. Plötzlich schlug die Anspannung und Frustration der letzten Wochen in eine wohlige Mattigkeit um. Und er liess sich einfach nur fallen; am liebsten in ihre ausgebreiteten Arme, aber die lagen fest auf dem Schreibtisch neben den Moords-Geschichten vom letzten Jahr; und so fiel er geradewegs in ihre wunderschönen azurblauen Augen, die so tief waren wie alles, was er sich je vom Leben erträumt hatte.

„Wunderbar, dass Sie auf mich gewartet haben; ja, ich trinke gerne das selbe wie der Herr. Kennen wir uns eigentlich? Irgendwie kommen Sie mir bekannt vor ... Herr?"

„Oh, entschuldigen Sie, ich habe mich ja noch gar nicht vorgestellt. Mein Name ist Frédéric, Frédéric Camus".

„Camus? Der Name sagt mir was ..."

„Das passiert mir oft, aber ich bin weder verwandt noch verschwägert mit *Albert*. Was halten Sie von folgender Geschichte?

Mein Grossvater war genau wie Albert Camus ein Pied noir, ein gebürtiger Algerienfranzose. Als Besatzungssoldat kam er bis nach Rheinland-Pfalz, aber meine Grossmutter wollte selbst nach dem Krieg nie die Sprache des Erbfeindes lernen, geschweige denn dort leben. So kommt es, dass ich, ausser ein paar kurzen Urlauben und noch kürzeren Dienstreisen, nie viel von Frankreich gesehen habe. Die zweite Geschichte lautet: *Mein Vater hat meine Mutter, als sie 16 war, verführt, auf Druck seiner Eltern geheiratet und letztendlich sitzengelassen. Aber weil ihr der Name Camus so gut gefallen hatte, hat sie ihn beibehalten – absurd, was?*

Katharina Frederike Morales stiess ein so lautes gurgelndes Lachen aus, dass alle im Schankraum sich zu ihnen umdrehten. Aber das machte ihr gar nichts aus. Aufmerksamkeit zu erhalten, war ihr dritter Vorname.

„Also ehrlich, bei den zwei Geschichten fällt es mir schwer, mich zu entscheiden. Ich glaube aber einen kleinen *penchant* zur ersten zu spüren. Die alten Zeiten haben Hochkonjunktur, und Verlage lieben so was. Lassen Sie die zweite stecken. Aber zurück zu *Fronkereische,* ich liebe ja dieses Land und sogar die arroganten, besserwisserischen Franzosen und ihre schickimicki Küche ... Moment mal, jetzt fällt's mir wieder ein, wieso Ihr Name mir bekannt vorkommt. Sie haben mir im Mittagsmagazin vor ein paar Wochen per Telefon eine Frage gestellt. Eine sehr persönliche Frage ...“

„Was für ein Gedächtnis. Bewundernswert, Madame.“

Er hatte sich schon seit Ewigkeiten in Begleitung einer Frau nicht mehr so wohl gefühlt und bestellte mit einer kleinen Geste zu Karl noch eine Runde Rotwein, die sie souverän abnickte.

„Was mich damals so geflasht hatte, war vor allem, dass ausgerechnet jemand von der Polizei interessiert sein sollte, WIE man schreibt, statt wie üblich, zu schimpfen, dass die Fiktion doch überhaupt nicht mit der knallharten Realität standhalten kann."

Leider waren sie jetzt schneller beim Thema, als es Frédéric recht war. Er hätte gerne noch ein paar Gläschen getrunken, weitergeflirtet und zu dem Thema Realität und Fiktion der Morde in Berlin, und darüber hinaus, erst am nächsten Tag weitergesprochen. Nicht unbedingt auf dem Revier. Vielleicht bei ihr zuhause? Aber jetzt konnte er sich nicht weiter zurückhalten, jetzt musste auch der Rest noch raus:

„Ja, Frau Morales. Da geben sie mir ein ganz wichtiges Stichwort. Sie haben mich nämlich heute Abend nicht nur tief beeindruckt und bestens unterhalten, sondern ganz extremst schockiert. Lesen Sie denn keine Zeitungen, wissen Sie denn nicht, dass es Morde in Berlin und anderen deutschen Grossstädten gibt, die genau nach dem Vorbild Ihrer neuesten noch unveröffentlichten Moords-Geschichten ablaufen? Diese entsetzliche Tat unter den Trüffeleichen …"

Frau Morales schüttelte ungläubig den Kopf:

„Nein, sorry, aber ich lese prinzipiell keine Zeitungen. Ich habe davon echt nichts mitbekommen ..."

„Aber unsere Spezialeinheit hat sogar über alle sozialen Medien zur Mithilfe aufgerufen. Wir haben natürlich nicht jedes Detail veröffentlicht, wie z.B. das Schächten und auch nicht ... hm, das dürfte ich jetzt gar nicht sagen ... vergessen Sie's."

„Aber wie kann so was passieren, Frédéric? Ich darf Sie doch so nennen. Wir sind ja quasi Kollegen, oder nicht? Ich meine jetzt nicht die Polizeiarbeit, sondern als Schriftsteller. Sie haben doch bestimmt eine Theorie, oder zwei?"

„Ja, da haben Sie vielleicht gar nicht so unrecht. Meinen offiziellen Job bin ich vielleicht sogar bald los. Weil wir bisher im Dunkeln tappten, hat mich just heute, bevor ich eigentlich eher per Zufall in Ihre Lesung stolperte, mein Chef vom Fall abgezogen. Im Grunde genommen gehen die Fälle mich nichts mehr an. Darauf könnten wir doch anstossen. Auf ein neues Leben. Vielleicht musste ich Sie heute einfach treffen ..."

„Ja, wenn das so ist, dann sag ich einfach mal *inshallah,* und du solltest endlich aufhören, mich Frau Morales zu nennen, sondern Frederike, das passt doch schön zu Frédéric. Wie in einem Dreigroschenroman... Aber jetzt mal Spass beiseite; was ist denn nun genau passiert? Zeig mir doch mal die Zeitungsberichte ..."

Frédéric holte sein Tablet raus und scrollte ihr einen Artikel nach dem anderen runter:

- Bestialischer Leichenfund in Eichenwäldchen
- Tödlicher Sturz in die Tiefen am Obersalzberg
- Dramatischer Motorradunfall auf Öllache
- Berliner U-Bahngleise ziehen immer mehr Selbstmörder an

Nachdem sie den letzten Artikel überflogen hatte, rutschte sie nonchalant vom Barhocker runter und drückte sich so nah an ihn, dass er nicht nur ihr frisches Parfum nach Citrusfrüchten und Eisenkraut riechen konnte, sondern sogar ihre warme Haut unter dem engen Pullover. Genau in diesem Moment flüsterte sie ihm ins Ohr:

„Ich habe eine Bitte ... ich hoffe, du bist nicht zu schockiert. Nach all dem, was da steht und wohl passiert ist ... wie soll ich sagen - ich sterbe vor Angst, alleine nach Hause zu fahren. Könntest du dir vorstellen, mich zu begleiten - einfach so?"

* * *

Der nächste Morgen brach tatsächlich an wie in einem Dreigroschenroman. Aber Frédéric Camus ging nicht zuerst ins Büro und sagte auch nicht seinem Chef, was er von ihm hielt. Er ging zuerst zurück in seine Wohnung, um sich schweren Herzens den Schweiss der surrealen Liebesnacht mit Frederike abzuduschen. Am liebsten hätte er ihn in einen Flakon abgefüllt, für einsame Winternächte, die bestimmt irgendwann kommen würden. Was für eine Explosion der Gefühle! Und er dachte, er sei aus dem Alter raus, sich noch einmal so verlieben zu können. Aber jetzt hiess es, sich zu konzentrieren. Wer wollte Katharina Frederike Morales Schaden zufügen? Ein, oder mehrere durchgeknallte Fans? Ein Psychopath? Oder doch ein Serienkiller? Die 1 Million Dollar Frage war jedoch, wie war der oder die Täter an das bisher unveröffentlichte Manuskript gekommen? Vielleicht über den IT-Experten, der die ersten Kurzgeschichten jeweils auf den Blog, auf die Webseite oder ins Instagram steckte? ER war der Einzige, der immer und über alles Bescheid wusste. Schade, dass Frédéric ihn nicht am Telefon erreichen konnte. Es meldete sich nur eine nette Stimme auf dem AB. Aber da niemand zurückrief, wusste Frédéric, was zu tun war. Sein Team hatte er auf die Spur des mysteriösen Typs mit dem Stinkefinger angesetzt. Bisher erfolglos. Also würde er, wie immer, auf seinen Bauch hören und so schnell wie möglich nach Frankfurt aufbrechen. Er hatte das Gefühl, keine Zeit verlieren zu dürfen. Unglaublich, wie schnell genau die verflog, seit er Frederike kennengelernt hatte ...

Als er am selben Nachmittag an der ihm von Frederike

anvertrauten Adresse ankam, sah er schon von weitem das Blaulicht der Kripo und den Rettungswagen. Aber auch schon einen Leichenwagen. Er war zu spät. Seine Kollegen nahmen ihm den zufälligen Besuch ab und erklärten ihm aufgrund seines Polizeiausweises, dass Herr Samuel in seiner Wohnung tot aufgefunden worden sei. Und dass es sich ganz offensichtlich weder um einen Unfall noch um Selbstmord handeln würde. Frédérics geübter Blick in den noch offenen Bodybag zeigte den IT-Experten mit einem schwarzen Kabel um den Hals und der typischen Gesichtsverfärbung nach Strangulation.

Auf dem Rückweg nach Berlin überlegte er sich, wie es nun weitergehen sollte: mit dem Fall und somit seinem Job; mit seiner Affäre, oder war es mehr? Was brauchte man eigentlich für ein neues Leben?

Mut – sicherlich.

Den richtigen Partner – unbedingt.

Und dann, wenn man ihn denn tatsächlich finden sollte – ihm vertrauen?

Absolut lebensnotwendig.

Einen Schlussstrich unter die Vergangenheit – vielleicht gar nicht mal, oder?

Musste er eigentlich bei der Polizei kündigen, um seinen Traum als Schriftsteller zu verwirklichen? Könnte er sich nicht einfach mit den widrigen Umständen, vor allem was seinen Chef betraf, arrangieren? Wie Pferde, denen im Sommer die Fliegen am Kopf kleben? Die können auch nicht alle mit der Fliegenklatsche umbringen. Der Vergleich gefiel ihm. Und bis er mal mit seinen Büchern selbst Geld verdienen würde, hatte er sein Beamtengehalt sicher. Was braucht man mehr? Es ist halt immer nur eine Frage der Perspektive – genau wie beim Schreiben.

Mit diesem Ergebnis höchst zufrieden, wählte er die Nummer von Frederike in seiner Freisprechanlage und hinterliess ihr die Nachricht, dass er sich schon sehr auf einen gemeinsamen Abend und noch mehr auf die gemeinsame Nacht freuen würde. Er müsse nur noch vorher kurz im Polizeipräsidium vorbei.

* * *

Als er an diesem Abend mit einer Flasche *Moët et Chandon*, der Lieblingsmarke seiner verstorbenen Mutter, und einem Picknickkorb voller erlesener französischer Spezialitäten am Eingang zu Katharina Frederike Morales Villa in die Infrarotkamera lächelte, war er der glücklichste Mann der Welt. Er wusste zum ersten Mal in seinem Leben, was er wollte. Und wenn er, wie heute nachmittag bewiesen, sich sogar mit einem Arschloch wie *Napoleon* arrangieren konnte, dann doch erst recht mit einem Menschen, den er liebte. Und dass sie ihn liebte, hatte er doch die ganze Nacht ins Ohr geflüstert bekommen. Er hoffte nur inständig, dass Frederike seinen Vorschlag annehmen würde: Sie durfte auf keinen Fall weiter Kriminalgeschichten schreiben. Sonst gäbe es noch mehr Leichen. Ganz einfach!

„Bist du verrückt, Frédéric? Was du da von mir verlangst, ist unmöglich. Aufhören? Aufhören zu schreiben? Schreiben ist mein Leben ..."

„Nein, Liebes. Da hast du mich falsch verstanden. Ich will doch nicht sagen ...

„Doch, das hast du gesagt. Genau das. Du verstehst mich überhaupt nicht!"

„Warte, Schatz.

Das ist wirklich ein ganz schreckliches Missverständnis: Ich habe doch kein Recht, dich aufzufordern, mit dem Schreiben aufzuhören. Das darf niemand. Ich will dich doch nur beschützen. Solange du mit den Moords-Geschichten weitermachst, schwebst du in Todesgefahr. Das ist es, was ich denke. Schau doch, was mit deinem IT-Experten passiert ist ..."

Er hätte sich am liebsten auf der Stelle die Zunge abgebissen; sowas durfte ihm als Profi nicht passieren, trotz aller Verliebtheit. Er und sein Team hatten doch beschlossen, dass die Info bis zum Abend unter Embargo bleiben sollte. Sogar *Napoleon* war einverstanden und hatte es dem Polizeipräsidenten unterbreitet.

„Was ist los mit Samuel? Was meinst du?"

Er erzählte ihr seinen Vormittag, und sie konnte ihm nicht glauben. Bis sie es in den Spätnachrichten selbst hörte. Leider verlief die Nacht danach ganz anders als erträumt. Aber Frédéric sagte sich, wenn sie diese Klippe schaffen würden, dann auch alles andere. Und dann würde es 1001 Nächte geben, von denen er den Rest seines Lebens träumen könnte. Was zählte dann dieser eine Abend. Es dauerte mehrere Stunden, bis er sie soweit hatte, seinen Vorschlag zu akzeptieren. Und dann kam es sogar von ihr:

„Wir versuchen es ein letztes Mal mit einer noch nicht veröffentlichten Moords-Geschichte, und wenn dann wieder der Mörder zuschlagen sollte, bin ich bereit, für den Rest meines Lebens nur noch Gesellschaftsromane zu schreiben und keinen einzigen Krimi mehr. Das überlasse ich dann dir ..."

Und dann las sie ihm aus ihrem Manuskript: *Holz vor der Hütten*, Untertitel „*Es kann der Frömmste nicht in Frieden leben ...*" vor. Mit ihrer klaren melodischen Stimme, die ihn so anmachte wie nichts anderes auf dieser Erde.

„Am letzten Abend hatten sie wie immer gepackt und das Auto beladen. Es war ihre übliche Abfahrtszeit – nur keinen Verdacht erregen. Als die Dunkelheit hereinbrach, fuhren sie los, aber nur bis zum Ortsrand, hinter eine Buschreihe. Dann ging Robert los und direkt zum Haus des Nachbarn. Der stand mitten in seinem Hof, und Robert sah, dass die Tür zur Küche offen war und die Herdklappe einen roten Schein verbreitete. Offensichtlich wollte der Alte gerade neues Brennholz holen. Nun, das sollte er bekommen. Robert nahm ein grosses Scheit vom nächsten Stapel und schlug zu: Einmal, zweimal und mit aller Kraft, dann lag der Alte da, mit klaffendem Schädel und grinste nicht mehr.“

Kaum hatte sie das letzte Wort ausgesprochen lag er ihr schon zu Füssen. Und sie liess sich fallen. In ihn, in seine ausgebreiteten Arme, in seine Liebe und sein Vertrauen. Bis es hell wurde und der Klingelton seines Telefons sie beide weckte.

„Frédéric, wo stecken Sie nur? Wir versuchen, Sie seit Stunden zu erreichen ... Wir haben tatsächlich einen neuen Mordfall. In einer Schrebergartensiedlung. Die Gartenlaube ist abgebrannt, die Leiche die wir gefunden haben, ist die von einem alten Mann, der aktenkundig ist. Mehrmals vorbestraft wegen schwerer Körperverletzung und eingesessen wegen versuchtem Totschlag. Ihm wurde brutalst der Schädel eingeschlagen. Genau, wie Sie es uns heute nacht per SMS angekündigt haben. Wann können wir mit Ihnen rechnen, Sie Hellseher, Sie Haruspex, Sie verdammter?“

„Danke für die Komplimente, Chef. Vor allem den Haruspex. Sie haben total recht: Ich habe die Wahrheit in den Eingeweiden gefunden. Ich erklär's Ihnen später."

* * *

„Wie bist du drauf gekommen, Frédéric?"

„Zuerst hab ich alle anderen Möglichkeiten ausgeschlossen. Auf dem Weg war ich ja schon, bevor ich dich getroffen habe. Und dann, es war nicht ganz einfach, das gebe ich zu – habe ich versucht, mich in dich reinzuversetzen. Aber als ich angefangen habe, mich in dich zu verlieben und deswegen nicht mehr so objektiv wie vorher sein konnte, wurde es immer schwieriger. Ich habe versucht, mein Innerstes sprechen zu lassen und wie die alten Römer die Eingeweide gefragt. Meine Eingeweide!"

„Das ist gar nicht schlecht, Frédéric. Du hast geschafft, was als Schriftsteller gar nicht immer so einfach ist, nämlich die Perspektive zu wechseln – aber ich will dich nicht unterbrechen. Das hat doch bestimmt nicht gereicht ... nur auf dein Bauchgefühl zu hören. Du hast keine Beweise und ich, ich werde alles abstreiten. Darauf kannst du Gift nehmen – ups, das sollte ich in meiner Position vielleicht nicht sagen, das könnte eventuell gegen mich verwendet werden, oder?"

„Du hast dir mit unserer letzten Liebesnacht ein Alibi

verschafft. Der letzte Beweis für mich war, dass du es warst, die mir vorschlug, einen letzten Versuch mit einer noch unveröffentlichten Moords-Geschichte zu wagen. Aber da war dein IT-Experte schon lange tot. Und, genau wie der alte Mann, in einer deiner Tiefkühltruhen. Du hast sie dann sozusagen „just in time" aufgetaut, je nachdem, wie und wann es dir in dein Konzept reingepasst hat. Nicht schlecht. Eiskalt, würde ich sagen. Und an dem Nachmittag als ich auf dem Präsidium war, hast du deine Leichen verteilt. Ich glaube nicht, dass ich Spuren auf deinem Navi finden würde. Du hast weder öffentliche Verkehrsmittel benutzt, noch ein Leihauto gemietet. Schon gar nicht mit deinem Smartphone oder deiner Kreditkarte gearbeitet. Du bist zu gut, um dich so plump erwischen zu lassen. Hattest du eigentlich einen Helfer? Der Typ, der mir so unangenehm bei deiner Lesung in den Kutscherstuben aufgefallen war? Aber ich glaube mittlerweile eher nein. Du bist eine Einzelgängerin; der Gefahr, dass dich jemand erpressen könnte, würdest du dich nie aussetzen. Nein, der Arsch war einfach nur ein Arsch."

„Danke für die kostenlose Analyse und die versteckten Komplimente. Aber wie geht es jetzt weiter, lieber Frédéric? Rufst du jetzt deine Kollegen, oder machst du auch alles selbst – so wie ich?"

Sie sah ihn trotz allem immer noch liebevoll an. Ohne Angst. Ohne Hass. Ohne Enttäuschung. Wenn er überhaupt ein Gefühl in ihren Augen erkennen konnte, war es der Schimmer kindlich aufrichtiger Neugierde.

„Ich verstehe dich gut. Du brauchst Zeit zum Überlegen. Ich nutze die Zeit gerne, um dir nochmals zu sagen, dass ich dich wirklich und wahrhaftig liebe. So wie ich jemanden lieben kann. Es ist interessant, dass du mich noch nicht gefragt hast, warum ich es getan haben soll? Wird man bei euch nicht immer nach dem Motiv gefragt?"

„Das kommt noch, Liebes. Das kommt noch. Wir fangen ja gerade erst an. Ich wollte dir nur Zeit genug geben zu überlegen, ob du nun auch mich noch aus dem Weg räumen musst. Hast du dich entschieden?"

„Du kennst mich nach den paar Tagen schon so ... wie niemand sonst. Du bist wirklich gut. Schade, dass deine Hierachie das nicht zu schätzen weiss. Ich schon. Ja, ich habe mich entschieden – aber Vorsicht, falls du dabei bist, das Gespräch aufzuzeichnen; diese Bemerkung ist kein Schuldeingeständnis ..."

„Frederike, lass uns ernsthaft sprechen und aufhören, Katz und Maus zu spielen; und nein, da läuft kein Band mit. Dieses Gespräch geht nicht nur um dich, sondern um uns beide. Sag mir die Wahrheit – nur mir. Was wir danach machen, überlegen wir zusammen, einverstanden?"

„Ja, du hast recht – bringen wir es hinter uns. Jetzt. Sofort!"

„Okay, für die alles entscheidende Frage brauche ich mehr ... Distanz... "

„Oh mein Gott, jetzt wirst du aber theatralisch ... leg doch endlich los ..."

„Warum diese Brutalität?"

„Die ist in mir. So bin ich geboren. Die gehört genauso zu mir, wie meine Liebe zu dir ..."

„Frau Morales, sind Sie sich bewusst, dass Sie in den letzten zwölf Monaten, sechs, wenn nicht sogar mehr, unschuldige Menschen heimtückisch ermordet haben?"

Sie lächelte ihn immer noch an und antwortete ohne zu zögern:

„Wer ist schon unschuldig?"

„Was soll das denn heissen? Haben Sie etwa vorher recherchiert? War das der Grund? Selbstjustiz? Was haben diese Leute Ihnen getan? Warten Sie – egal – ich will es gar nicht wissen. Nichts für Ungut, aber trotz ihres ehrenwerten Namens, Frau MORALES, obliegt es nicht Ihnen, über Leben und Tod zu entscheiden."

„Und Sie, Herr Camus – was obliegt Ihnen? Mich zur Strecke zu bringen und gleichzeitig zu richten? Das wäre absurd ..."

„Nein, Frederike, nicht absurd ... viel besser. Es wäre ein Märchen: Und so lange wir nicht sterben – leben wir doch weiter, oder?

„Jetzt bist du aber genauso durchgeknallt wie ich. Wie soll das denn weitergehen? Wir glauben beide nicht mehr an Märchen. Ich kann dir noch Folgendes sagen. Ich gebe zu, verrückt zu sein; das ist keine Entschuldigung, aber eine Erklärung. Ich brauchte den Kick; ich wollte es spüren. Und jetzt - ich bin absolut ehrlich - jetzt glaube ich, dass ich den nicht mehr brauche. Jetzt habe ich ja dich – oder nicht?"

„Nicht so schnell, meine Liebe! Ich habe gesagt, ich brauche Zeit. Es gibt wie immer im Leben viele Möglichkeiten. Selbstverständlich musst du bestraft werden. Auf Mord steht lebenslänglich. Ich weiss nur noch nicht, wo und mit wem."

ENDE

des ersten Bandes

Moords-Geschichten

Nachwort von Albert Camus

aus

Der Fall

(in der Übersetzung von Hans Jankowski 2020)

„Es gibt immer einen guten Grund, jemanden

umzubringen.

Dagegen ist es unmöglich zu sagen,

warum er leben sollte"

Karin B. Jankowski

wurde Ende der 50er Jahre in Mettlach/Saar geboren. Nach ihrem Studium war sie bei der EU tätig, dann selbstständige Beraterin in Brüssel und Lehrbeauftragte in einem European Masters an der Universität Aix-Marseille.

Mehr als 20 Jahre lebte sie zusammen mit ihrem Mann und ihren drei Retrievern in ihrer neuen Wahlheimat, Forcalquier in den Alpes-de-Haute-Provence.

Seit 2019 teilen sie sich ihr Leben zwischen Kaltennordheim in der thüringischen Rhön und einem kleinen Ort in Burgund.

Weitere Informationen finden Sie auf der Internetseite
www.karinbjankowski.de